胡云翼
[著]

中国词史略

中国史略丛刊

中国书籍出版社
China Book Press

图书在版编目（CIP）数据

中国词史略 / 胡云翼著. ——北京：中国书籍出版社，2019.7
（中国史略丛刊. 第二辑）
ISBN 978-7-5068-7346-8

Ⅰ.①中… Ⅱ.①胡… Ⅲ.①词（文学）—词曲史—中国
Ⅳ.①I207.23

中国版本图书馆CIP数据核字(2019)第129626号

中国词史略

胡云翼 著

责任编辑	卢安然
责任印制	孙马飞　马　芝
封面设计	东方美迪
出版发行	中国书籍出版社
地　　址	北京市丰台区三路居路97号（邮编：100073）
电　　话	（010）52257143（总编室）　　（010）52257140（发行部）
电子邮箱	eo@chinabp.com.cn
经　　销	全国新华书店
印　　刷	三河市顺兴印务有限公司
开　　本	880毫米×1230毫米　1/32
字　　数	109千字
印　　张	5.75
版　　次	2019年8月第1版　2019年8月第1次印刷
书　　号	ISBN 978-7-5068-7346-8
定　　价	42.00元

版权所有　翻印必究

目　录

第一章　词的起源 / 1

第二章　晚唐五代词 / 11

　　一　晚唐词 …………………………………………… 13
　　二　西蜀词 …………………………………………… 16
　　三　南唐词 …………………………………………… 21
　　四　五代词人补志 …………………………………… 25

第三章　宋词（上）/ 27

　　一　北宋词的第一期 ………………………………… 29
　　二　北宋词的第二期 ………………………………… 40
　　三　北宋词的第三期 ………………………………… 50
　　四　北宋词的第四期 ………………………………… 60

第四章　宋词（下）/ 71

　　一　南渡词坛 ………………………………………… 74

二　南宋的白话词 …………………………………………… 91
三　南宋的乐府词 …………………………………………… 112
四　晚宋词坛 ………………………………………………… 122
五　宋代词人补志 …………………………………………… 131

第五章　金元明词 / 141

一　金词 ……………………………………………………… 143
二　元词 ……………………………………………………… 147
三　明词 ……………………………………………………… 152

第六章　清词 / 159

一　清初词 …………………………………………………… 162
二　浙派词 …………………………………………………… 167
三　常州派词 ………………………………………………… 172
四　清末词 …………………………………………………… 176

[第一章] 词的起源

词的体制，是到唐代才确立，才完成。有许多古人把词的起源说得很悠远，那都是荒谬不可靠的。如汪森的《词综序》上说：

> 自有诗而长短句即寓焉。《南风》之操，《五子》之歌，是已。《周颂》三十一篇，长短句居十八；汉《郊祀歌》十九篇，长短句居其五；至《短箫铙歌》十八篇，篇皆长短句。谁谓非词之源乎？

这种说法的错误，是认定长短句即是词。因此许多古人都从诗里去找长短句，只要是不整齐的诗便说是词的滥觞，于是一个一个把词的起源说得远，结果便说到"自有诗而长短句即寓焉"去了，这意思便显然是"诗的起源即词的起源"。本来，诗词元是一体，义界难分；说诗词同源，也未尝不可。不过我们在这里讲词的起源，是要追寻一条词的发生的线索脉络出来，不是只要讲个寡头的起源说。如果说词起源于先秦时代，而事实上词的进展又晚在五代两宋，中间竟孤绝了一千多年毫无词的消息，这如何讲得通？

徐釚在他的《词苑丛谈》上说得较汪森的话近于事实一点，他说："填词原本乐府。《菩萨蛮》以前，追而溯之，梁武帝《江南弄》，沈约《六忆诗》，皆词之祖，前人言之详矣。"不错，许多古人都认定这两篇诗为词之祖，今录于下：

江南弄
众花杂色满上林，舒芳耀绿垂轻阴，连手蹀躞舞春心。舞春心，临岁腴，中人望，独踟蹰。

六忆诗（其一）

忆眠时，人眠独未眠。解罗不待劝，就枕更须牵，复恐旁人见，娇羞在烛前。

像这种形式的长短句，我以为决不是梁武帝与沈约首创的，在六朝的诗人中至少可选出一大本这样的作品出来。毛奇龄便曾举出鲍照的《梅花落》，陶弘景的《寒夜怨》，徐勉的《迎客送客》，王筠的《楚妃吟》，简文帝的《春情》等，说是古词。其实这种例子是举不胜举的，而且越举便越远，又不免要说到《诗经》以前唐虞时代的歌谣去了。那是全无意义的。我们试问：六朝的这种长短句与晚唐五代的词有什么联络的渊源关系呢？其间如何转变的呢？这问题不能回答，便不能够只在形式上拿诗之近于词者来冒充词的祖宗了。

还有许多人认定词起源于李白，因为他曾经创作过下列两首词：

菩萨蛮

平林漠漠烟如织，寒山一带伤心碧。暝色入高楼，有人楼上愁。　玉阶空伫立，宿鸟归飞急。何处是归程？长亭更短亭。

忆秦娥

箫声咽，秦娥梦断秦楼月。秦楼月，年年柳色，灞陵伤别。　乐游原上清秋节，咸阳古道音尘绝。音尘绝，西风残照，汉家陵阙。

南宋词人黄昇编《花庵词选》，首先录此二词，谓为"百代词曲之祖"。郑樵在其《通志》中亦有此说。然据我们考证，则此二词决非李白之作，证据甚多：第一，苏鹗《杜阳杂编》说："大中初，女蛮国贡双龙犀，明霞锦。其国人危髻金冠，璎珞被体，故谓之菩萨蛮。当时倡优遂制《菩萨蛮》曲，文士亦往往效其词。"《南郭新书》亦有同样的记载。是则李白之世，尚无此题，何得预填其篇呢？第二，后蜀赵崇祚编《花间集》，遍录晚唐诸家词，而不及李白。第三，郭茂倩的《乐府诗集》遍录李白的乐府歌辞，并收中唐的《调笑》《忆江南》诸词，而独不收《菩萨蛮》及《忆秦娥》词。由这些很强的证据，即可知黄昇记录不翔实。

实在说，当盛唐时代，不但李白未曾做过词，其他的文人诗人都没有作词的。他们只有整齐的五七言歌辞，没有长短句歌辞。如李白的《清平调》，完全是七言绝句；王昌龄，高適，王之涣的诗，为伶人妓女所争唱，也是五七言绝句；王维的诗也为梨园所盛唱，而所作歌辞"红豆生南国"和"秋风明月共相思"二章，一系五言，一系七言。他如杜甫，孟浩然辈，则未尝著名于乐部教坊，绝少歌辞。直到中唐时代，才渐渐有长短句的歌辞出现。

首先我们要讲的，是一位不甚著名的作者张志和。据我们所知，他实是中唐时代最早的长短句歌辞作者之一。字子同，金华人。肃宗时，待诏翰林，坐贬不复仕，扁舟江湖，自称烟波钓徒，又号玄真子。所传仅《渔父》词一首：

西塞山前白鹭飞，桃花流水鳜鱼肥。青箬笠，绿蓑衣，斜风细雨不须归。

在中唐的诗人中，作长短句歌辞的更多了。如韩愈，王建，韦应物，白居易，刘禹锡诸人，均有制作。韩愈的歌辞传《章台柳》一首，乃寄其妾柳氏者：

　　章台柳，章台柳，昔日青青今在否？纵使长条似旧垂，也应攀折他人手！

王建传《调笑令》，其辞云：

　　团扇，团扇，美人病来遮面。玉颜憔悴三年，谁复商量管弦！弦管，弦管，春草昭阳路断。

韦应物的歌辞亦不多见，惟《三台令》与《转应曲》流传，其《转应曲》辞云：

　　河汉，河汉，晓挂秋城漫漫。愁人起望相思，塞北江南别离。离别，离别，河汉虽同路绝。

白居易的歌辞则流传较多，形式是长短句的，有《忆江南》《如梦令》《长相思》《花非花》《一七令》等调。但这些作品都不载于白氏《长庆集》，我们只好存疑。只《忆江南》可以确定为白氏之作，其辞如下：

　　江南好，风景旧曾谙：日出江花红胜火，春来江水绿如蓝。能不忆江南？

白氏此作，传唱当时。刘禹锡曾依这首辞的曲拍，填过一首：

春去也，多谢洛城人。弱柳从风疑举袂，丛兰裛露似沾巾，独坐亦含颦。

据《草堂笺》所载，刘禹锡尚有《斑竹枝》，《古今词话》载戴叔伦有《转应曲》，《太平广记》载柳氏有《杨柳枝》等。如此可见中唐时代的长短句歌辞已经相当的流行了。

这种长短句的歌辞，在当时确是一种新乐府，有了许多名诗人来撰作这种新乐府辞，倡导成一种新的风气，词体便确立了，词的趋势便造成了。后来便造成晚唐五代词的发展。

说到这里，我们不免要问：在盛唐时代，歌辞还都是整齐的五七言，何以到了中唐便忽然产生许多长短句的歌辞出来呢？要答覆这个问题，我以为决不能拿诗歌的关系来解释，而必须拿音乐的关系来解释。如果要说得明白一点，话就不能不从远一点的地方说起来。

中国最初的诗歌就和音乐结合了密切的关系。先秦时代的诗，今所传者以三百篇为最古。我们从《左传》"季札论乐"和《史记·孔子世家》"凡诗皆可入乐"之说，便知道先秦时代的"诗"与"乐"，原是不分离的。自屈原作《九歌》诸篇"侑乐"，又作《九章》诸篇"舒情"，则只有前者包括"乐"的意义，而后者乃仅仅是"舒情"的诗，不复能"侑乐"了。迨汉武帝创立乐府，以李延年为协律都尉，后来遂以乐府所采之诗，可被之声歌者，别叫做乐府，于是诗与乐的关系便分离了。自此诗歌自走诗歌的路，乐府自走乐府的路了。诗歌因为文学的意义居多，故在文人方面的制作特别发展；乐府因为音乐的意味深长，故民间流传的作品最多。二者是平行地发展的。但到隋唐时代，所谓古乐府者散佚了甚多。据《唐书·音乐志》说："江左宋梁之间，南朝文物，号称最盛。人谣国俗，亦世有新声。后魏孝文宣武，用师淮汉，收其所获南音，谓之清商乐。隋平陈，因置清商署。遭梁陈亡乱，所存盖鲜。隋室以来，日益沦缺。武太后之时，犹有六十三曲，今其辞存者（中略），惟四十四曲存焉。"这四十四曲里面，唐初所存，有声有词者凡三十七曲，有声无词者亦有七曲。王灼《碧鸡漫志》云："隋氏取汉以来乐器，歌章，古调，并入清乐，余波至李唐始绝。唐中叶虽有古乐府，而播在声律则鲜矣。"可见唐人所拟古乐府，但借题抒意。这时古乐府盖已跟着乐之亡而成为过去，唐代又有一种新的乐府起来了。唐人的新乐府便是当时的五七言新体诗。这是在前面说过的。但是，我们知道五七言新体诗的字句是很整齐的，音乐的曲拍却不一定如此整齐。所以拿乐调来合诗，音调里面不免有许多无字的虚声。这种虚声，词曲家叫做"泛声"，"和声"或"散声"。他们以为将这种泛声填以实字，变成长短句，便成功词。如朱熹说：

　　古乐府只是诗，中间却添许多泛声。后人怕失了那泛声，逐一声添个实字，遂成长短句。今曲子便是。（《朱子语类》）

朱熹的这种说法，权威很大，向来的词话家都跟着他这种见解跑。可是，他这种说法并不十分正确。因为"泛声"不但歌诗的音调里有，就是歌词的音调里面也是有的。我们只要看晚唐五代的词，往往一个腔调有很多字句不同的词。单是《河传》一调，便有十七八体之多。《花间集》所录，均为晚唐五代的词，里面却很多调同体异；既然同是一个乐调，可以有很多的字句不相同的词，则这个乐调的伸缩性一定很强；既然乐调的伸缩性很强，则词调里面一定会有"泛声""和声"或"散声"来调节字句的。既然词调里面也有泛声，则朱熹的所谓泛声填以实字便成词的说法，不攻自破了。

往下且提出我们修正的答案：

在中唐以前，文人自文人，乐工自乐工。文人自作他的诗，乐工自作他的歌辞。文人的诗是给人诵读的，所以他们写成整齐的五七言诗；乐工的歌辞是要合音乐唱的，所以他们依曲拍填成长短句的歌辞。但是乐工不是文人，他们的歌辞往往做得俚俗不雅，所以常常拿着文人现成的诗，去合着乐来唱，以抬高乐的价值；文人方面也乐得把自己的诗给乐人去唱，以广布自己的文名。二者相互为利，相互为用，关系便发生出来了。我们看盛唐的诗人，多以自己的诗给伶人妓女歌唱为荣。到了中唐，则乐工们竟以贿赂来求诗人的新作了。那些著名的诗人，如李贺，李益，韦应物，刘禹锡，白居易，元稹的诗，都给伶人妓女们去唱了。文人与乐工关系乃更密切。于是文人一方面自己写诗给他们去唱，一方面也会高兴地去依着乐调的曲拍来试填长短句的歌辞。白居易偶然戏填了一首《忆江南》，刘禹锡便跟着填起来了；韦应物偶然填了一首《转应曲》，戴叔伦便跟着填起来了。三四个文人尝试了，十几个文人便跟着来尝试了，便成为新时髦了，后世无数的文人便都趋向到这一条路来了。我们看看后来词的发达，以为词的起来必经过有意识的提倡，那知大谬不然。考究起来，才知道原不过是一两个文人偶然发了兴,依着曲拍戏填了几首长短句的歌辞,恰好那时许多文人都作整齐的诗作厌了,看着这样新鲜的玩意儿,都觉得可爱,便争着去做,于是长短句的歌辞便自然而然的风行起来了,因以造成几百年的词的发达。

词的起来是如此的。

[第二章]
晚唐五代词

陆游《花间集跋》上说：

> 诗至晚唐五季，气格卑陋，千人一律。而长短句独精巧高丽，后世莫及。

何以诗至晚唐五代便"气格卑陋"？何以词至晚唐五代便"精巧高丽"？这原因是很明显的：诗歌发展至唐末，已经有一千多年的历史，古诗与近体诗的发展，都已登峰造极，无以复加了。这恰如王国维氏所说："盖文体通行既久，染指遂多，自成习套。虽豪杰之士，亦难于其中自出新意，故遁而作他体，以自解脱。一切文体所以始盛而终衰者，皆由于此。"（《人间词话》）诗体就是因为通行太久，用旧了，变尽了，所以只有产生"千篇一律"的作品。词在此时，还是新体，比如一所荒芜尚未开辟的园地，用得着词人的智慧机巧，去尽量的开辟创造，所以写出来容易"精巧高丽"。晚唐五代词之所以高贵，也正因为这是"创造的时期"。

往下我们把晚唐五代词分别来叙述。

一　晚唐词

在前面说过，中唐时代已有许多诗人戏填小词。但是他们填词，还只是作为偶尔的游戏，并不专心致志于词。到了晚唐，填词的风气日益浓厚，乃产生了词的专家。

温庭筠是词史上第一个词人，他的时代迟白居易刘禹锡不到四十年。其在词坛里面所创造的成绩是很可惊异的。

庭筠字飞卿，太原人。大中初，应进士，不第。后为方城尉。生平颇不得意。为人放浪不羁，喜纵酒狎妓。《旧唐书》称其"士行尘杂，不修边幅，能逐管弦之音，为侧艳之词"。他的诗与词均负时望。与李义山，段成式齐名，时人号为"三十六体"。实则他的诗远不如李义山，词则独胜。著有《握兰》《金荃》等集，皆不传。今其词散见于《花间》等集。

庭筠的词，善于抒写绮艳之情，例如：

南歌子
手里金鹦鹉，胸前绣凤凰。偷眼暗形相：不如从嫁与，作鸳鸯。

又
转盼如波眼，娉婷似柳腰，花里暗相招。忆君肠欲断，恨春宵！

又
似带如丝柳，团酥握雪花。帘卷玉钩斜，九衢尘欲暮，逐香车。

刘融斋称庭筠的词"精艳绝人"，这批评自是不错的。但我们须知他的词也不尽是属于侧艳一方面，他写哀感之情也很能动人，例如：

忆江南

梳洗罢，独倚望江楼。过尽千帆皆不是，斜晖脉脉水悠悠，肠断白蘋洲！

酒泉子

花映柳条，闲向绿萍池上，凭栏干，窥细浪。雨萧萧。近来音信两疏索，洞房空寂寞。掩银屏，垂翠箔，度春宵。

温庭筠是词坛的开山大师，他最努力于词的创造。同时的诗人如李义山，杜牧等，都不曾注意这个新体，只有温庭筠独具慧心，向这方面尽其心力，结果乃造成了比李义山杜牧的诗还要伟大的贡献。黄昇称庭筠："词极流丽，宜为《花间集》之冠。"不错，在晚唐五代，温庭筠真不能不说是先进的领袖词人呢。

温氏以外，晚唐从事于词的作者并不多，值得举例的有司空图，皇甫松，韩偓，张曙诸人。

司空图字表圣，泗洲人。咸通中进士，官礼部员外郎，迁郎中。晚居中条山。自号耐辱居士。其词如《酒泉子》：

买得杏花，十载归来方始坼。假山西畔药桥东，满枝红。

旋开旋落旋成空，白发多情人更惜，黄昏把酒祝东风，且从容。

皇甫松字子奇，皇甫湜之子。《花间集》传其词十一首，有《天仙子》《浪淘沙》《杨柳枝》《摘得新》《梦江南》《采莲子》等调。今举其《梦江南》（即《忆江南》）一首为例：

兰烬落，屏上暗红蕉。闲梦江南梅熟日，夜船吹笛雨潇潇。人语驿边桥。

韩偓字致尧，万年人。龙纪元年进士，累官至兵部侍郎。自号玉山樵人。著《香奁集》甚有名。词如《生查子》：

　　侍女动妆奁，故故惊人睡。那知本未眠，背面偷垂泪。懒卸凤凰钗，羞入鸳鸯被。时复见残灯，和泪坠烟穗。

张曙小字阿灰，张祎之侄，成都人。龙纪元年进士。词如《浣溪沙》：

　　枕障薰炉隔绣帷，二年终日两相思，杏花明月始应知。天上人间何处去？旧欢新梦觉来时，黄昏微雨画帘垂。

这几位作者传词虽不多，却都是写得很好的。到了五代，词的风气益开展了。

二　西蜀词

五代在政治上是黑暗的时代，在文学上却是光明的时代。我们所说五代的文学,当然是以词为主干,词以外是不值得称述的。五代词的发展,可分为两个时期,前期是西蜀词的时期,后期是南唐词的时期。这一方面是由于这两个地方在五代是比较安静的地方;一方面也因为这两国的君主,都喜欢词,都奖励词人,因此词乃得到充分的发展。

现在先讲西蜀词。

西蜀的第一个词人,无疑的是韦庄。他的词不仅在五代堪称大家,即在全部词史上也是极矜贵的一个。

庄字端己,杜陵人。唐乾宁元年进士,授校书郎。入蜀,王建辟掌书记。后建称帝,用为散骑常侍判中书门下事,累官至宰相。他的为人是深于情而风流自许的,故所作亦多吟咏爱的悲欢。其词如:

菩萨蛮
劝君今夜须沉醉,尊前莫话明朝事。珍重主人心,酒深情亦深。　须愁春漏短,莫诉金杯满。遇酒且呵呵,人生能几何?

思帝乡
春日游,杏花吹满头。陌上谁家年少足风流?妾拟将身嫁与,一生休。纵被无情弃,不能羞。

女冠子
四月十七,正是去年今日,别君时:忍泪佯低面,含羞半敛眉。　不知魂已断,空有梦相随。除却天边月,没人知。

又

　　昨夜夜半，枕上分明梦见，语多时。依旧桃花面，频低柳叶眉。　半羞还半喜，欲去又依依。觉来知是梦，不胜悲！

　　相传韦庄有宠姬，姿质艳丽，能词翰，为王建所夺。这两首《女冠子》是他追念之作，读来令人生凄怨之感。他还有《荷叶杯》《小重山》等词，也是写这件悲剧，都很动人。

　　后人论韦庄，往往以温韦并称。实则颇不相同。韦庄的词没有温词那么浓艳，描写较为质朴直致，而表现较为深刻。有人说温词如浓妆的女人，韦词如淡妆的女人，这比喻是不错的。

　　与韦庄约略同时的西蜀词人，有牛峤，牛希济，顾敻，李珣，毛熙震，鹿虔扆诸家。

　　牛峤字松卿，一字延峰，陇西人。唐乾符五年进士。历官拾遗，补尚书郎。王建称帝，官至给事中。其诗很有名。词仅见《花间集》，凡三十一首，例如《江城子》：

　　鵁鶄飞起郡城东，碧江空，半滩风，越王宫殿，蘋叶藕花中。帘卷水楼鱼浪起，千片雪，雨蒙蒙。

　　牛希济乃峤兄之子，事蜀为御史中丞。降于后唐，明宗拜为雍州节度副使。素以诗词擅名。《花间集》传其词十一首，例如《生查子》：

　　春山烟欲收，天澹稀星小。残月脸边明，别泪临清晓。

语已多,情未了,回首犹重道:记得绿罗裙,处处怜芳草。

顾夐字里不详,前蜀时为刺史,后蜀官至大尉。《花间集》传其词五十五首。他的词也喜欢写闺情,有些写得很好的,例如《诉衷情》:

永夜抛人何处去?绝来音。香阁掩,眉敛,月将沉。争忍不相寻?怨孤衾。换我心为你心,始知相忆深。

李珣字德润,梓州人。蜀之秀才。颇具诗名。其词《花间集》传三十七首,《尊前集》传十八首。作风萧疏有处士风致,不似五代人作品。例如《渔父》:

避世垂纶不计年,官高争得似君闲?倾白酒,对青山,笑指柴门待月还。

毛熙震字里亦不详,蜀人。事后蜀为秘书监。其词《花间集》传二十九首,周密称他词多"新警",例如《清平乐》:

春光欲暮,寂寞闲庭户。粉蝶双双穿槛舞,帘卷晚天疏雨。 含愁独倚闺帏,玉炉烟断香微。正是销魂时节,东风满院花飞。

鹿虔扆字里亦不详,仕后蜀为永泰军节度使,进检校太尉,加太保。其所传词仅六首,倪瓒称他:"偶尔寄情倚声,而曲折尽变,有无限感慨淋漓处。"如《临江仙》：

> 金锁重门荒苑静，绮窗愁对秋空。翠华一去寂无踪。玉楼歌吹，声断已随风。　烟月不知人事改，夜阑还照深宫。藕花相向野塘中，暗伤亡国，清露泣香红。

五代词人，大都竞写艳词。像鹿虔扆这样沉痛有力的作品，真是凤毛麟角呢。

西蜀最后一个有名的词人是欧阳炯。

炯，益州华阳人。事后蜀累官翰林学士，进门下侍郎同平章事。归宋后，授散骑常侍。《宋史》称其"性坦率，无检操，雅善长笛"。他的词《花间集》传十七首，《尊前集》传三十一首。所作多写艳情，例如：

> 女冠子
> 薄妆桃脸，满面纵横花靥，艳情多。绶带盘金缕，轻裙透碧罗。　含羞眉乍敛，微语笑相和。不会频偷眼，意如何？

> 更漏子
> 玉阑干，金砮井，月照碧梧桐影。独自个，立多时，露华浓湿衣。　一晌凝情望，待得不成模样。虽叵耐，又寻思：争生嗔得伊？

此外西蜀词人尚有毛文锡，薛昭蕴，魏承班，尹鹗，阎选等，其词皆见《花间》《尊前》等集。

三 南唐词

南唐建国江南，其国君李璟、李煜，皆爱好文学，喜延文士。士之避乱失职者，皆以南唐为归。故南唐文物，冠绝当时。

南唐最负盛名的词人，一为冯延巳，一为李煜。

冯延巳一名延嗣，字正中。其先彭城人，唐末南渡，家于新安，徙居广陵。事南唐累官中书侍郎左仆射同平章事，后改太子太傅。史称其著乐章百阕，今所传者为宋陈世修辑的《阳春集》。他的词已经不是《花间集》派的风味了。

蝶恋花

几日行云何处去？忘了归来，不道春将暮。百草千花寒食路，香车系在谁家树？　泪眼倚楼频独语，双燕飞来，陌上相逢否？撩乱春愁如柳絮，悠悠梦里无寻处。

又

莫道闲情抛弃久，每到春来，惆怅还依旧。日日花前常病酒，不辞镜里朱颜瘦。　河畔青芜堤上柳，为问新愁，何事年年有？独立小桥风满袖，平林新月人归后。

虞美人

　　玉钩鸾柱调鹦鹉，宛转留春语。云屏冷落画堂空。薄晚春寒，无奈落花风。　　搴帘燕子双飞去，拂镜尘鸾舞。不知今夜月眉弯，谁佩同心双结倚阑干？

采桑子

　　小堂深静无人到，满院春风。惆怅墙东，一树樱桃带雨红。　　愁心似醉兼如病，欲语还慵。日暮疏钟，双燕归来画阁中。

冯氏之词，已开北宋晏殊欧阳修一派的新词风，所以王国维在《人间词话》上说："冯正中词虽不失五代风格，而堂庑特大，开北宋一代风气。与中后二主词皆在《花间》范围之外，宜《花间集》中不登其只字也。"

南唐二主，实词中之二王。中主李璟，虽传词无多，然如其《摊破浣溪沙》，则特为高妙：

　　菡萏香销翠叶残，西风愁起绿波间。还与容光共憔悴，不堪看！　　细雨梦回鸡塞远，小楼吹彻玉笙寒。簌簌泪珠多少恨，倚阑干。

后主李煜，被称为词中之"南面王"，为五代词人中之最具有权威者。初名从嘉，改名煜，字重光，陇西人。李璟之第六子。在位十五年。其为人，"天骨秀颖，神气清粹，酷好文辞，洞晓音律"。（徐铉语）盖天生之艺人，非政治家也。亡国后，宋太祖封为违命侯，至太宗即位，晋封为陇西郡公。后以词多怀念故国，为太宗所忌，赐牵机药毒死。（九三七—九七八）死后追封为吴王。

后主的词有两个时期。在他贵为国君的时候，居于深宫之内，处于妇女之丛，那时，他的生活有的是快活，他的作品有的是曼艳。我们且看他这时期的词吧：

玉楼春
晚妆初了明肌雪，春殿嫔娥鱼贯列。凤箫吹断水云闲，重按《霓裳》歌遍彻。　临春谁更飘香屑，醉拍阑干情味切。归时休放烛火红，待踏马蹄清夜月。

一斛珠
晚妆初过，沉檀轻注些儿个。向人微露丁香颗，一曲清歌，暂引樱桃破。　罗袖裛残殷色可，杯深旋被香醪涴。绣床斜凭娇无那，烂嚼红茸，笑向檀郎吐。

后主这类的艳词，在描写上我们虽承认其成功，然尚非他最伟大的代表作。后主在词里面最伟大的表现，是在他政治上失败以后，过"以眼泪洗面"的悲苦生活时所写下来的作品。这时，他已一扫曼艳之迹，变为哀怨凄凉了。试读其离国以后的词：

相见欢
林花谢了春红，太匆匆！无奈朝来寒雨晚来风！胭脂泪，相留醉，几时重？自是人生长恨水长东！

又
无言独上西楼，月如钩，寂寞梧桐深院锁清秋。剪不断，理还乱，是离愁，别是一般滋味在心头。

虞美人

春花秋月何时了？往事知多少？小楼昨夜又东风，故国不堪回首月明中！　雕栏玉砌应犹在，只是朱颜改。问君能有几多愁？恰似一江春水向东流！

浪淘沙

帘外雨潺潺，春意阑珊。罗衾不耐五更寒。梦里不知身是客，一晌贪欢。　独自莫凭栏，无限江山。别时容易见时难。流水落花春去也，天上人间！

《乐府纪闻》谓后主："每怀故国，词调愈工。其赋《浪淘沙》，《虞美人》云云，旧臣闻之有泣下者。"由此即可见其词之深刻，动人之深至。

后主与温庭筠，韦庄，为晚唐五代词中三杰，而后主独高。周济《论词杂著》上说："王嫱西施，天下之美妇人也，严妆佳，淡妆亦佳；粗服乱头，不掩国色。飞卿严妆也，端己淡妆也，后主则粗服乱头矣。"王国维《人间词话》上说："温飞卿之词句秀也，韦端己之词骨秀也，李重光之词神秀也。"这两个批评都是能够认识后主词的伟大的。

与后主同时入宋的南唐词人，张泌最著名。

泌（一作佖）字子澄，淮南人。初官勾容尉。后主召为监察御史，进中书舍人。归宋后，官郎中。其词《花间集》传二十七首，《尊前集》传一首。他亦以艳词擅名，其得意之作为《江城子》词：

碧栏干外小中庭，雨初晴，晓莺声，飞絮落花，时节近清明。睡起卷帘无一事，匀面了，没心情。

又

　　浣花溪上见卿卿，脸波秋水明，黛眉轻，绿云高绾，金簇小蜻蜓。好是问他来得么？和笑道：莫多情。

这种词，描绘是很灵活尖新的，但嫌风格稍低一点。

四　五代词人补志

五代词人，略如上述。其他有词流传者，君主如后唐庄宗李存勖，前蜀主王衍，后蜀主孟昶等，作词虽不多，然皆精美。今举李存勖的《一叶落》词为例：

　　一叶落，搴朱箔，此时景物正萧索。画楼月影寒，西风吹罗幕，吹罗幕，往事思量著。

至于词人之不属于西蜀南唐者，尚有和凝，欧阳彬，孙鲂，庾传素，成彦雄，成幼文，徐昌图，孙光宪等，就中以和凝与孙光宪较为知名。

和凝字成绩，郓州须昌人。他历仕后唐，后晋，后汉三朝，官至宰相。他好为曲子，人称为"曲子相公"。有《香奁集》，不传。今其词散见《花间》《尊前》等集，类皆妖艳之作，例如《江城子》：

竹里风生月上门。理秦筝,对云屏,轻拨朱弦,恐乱马嘶声。含恨含娇独自语:今夜约,太迟生。

孙光宪字孟文,贵平人。自号葆光子。高从晦据荆南,署为从事。历事三世,累官检校秘书,兼御史大夫。入宋为黄州刺史。他是一个博学家。其词《花间集》录六十首,《尊前集》录二十三首,在五代词人中要算是作品最丰富的。

思帝乡
如何?遣情情更多。永日水堂帘下敛双蛾,六幅罗裙窣地微行曳碧波,看尽满池疏雨打团荷。

浣溪沙
蓼岸风多橘柚香,江边一望楚天长,片帆烟际闪孤光。　目送征鸿飞杳杳,思随流水去茫茫,兰红波碧忆潇湘。

在"靡靡之音"的五代,歌词竞趋艳冶,像孙光宪的这种词要算是风格很高的。

此外的五代作者,大都仅以一二词流传,或竟只有片词断语存留者,这里不复加以叙述了。

[第三章]
宋词（上）

北宋继续着五代的词风而益加发展,可以说是词的黄金时代。当时,上自帝王名相,下至贩夫走卒,都知道作词,提倡词或欣赏词,其盛可想。

纪昀在其《四库全书总目提要》上谓北宋词凡三变,其言曰:

> 词自晚唐五代以来,以清切婉丽为宗,至柳永而一变,如词家之有白居易,至轼而又一变,如诗家之有韩愈。遂开南宋辛弃疾等一派。

我们认为苏轼之后,周邦彦李清照等作词,均以乐府为主,也是一变。因此,我们把北宋词分为下列四期:(一)小词时期(即宋初因袭晚唐五代词风的时期);(二)慢词时期(柳永等);(三)诗人的词的时期(苏轼等);(四)乐府词的时期(周邦彦等)。往下即依此加以叙述。

一 北宋词的第一期

第一时期的北宋词,完全是承受着晚唐五代的作风而继续发展。

我们知道晚唐五代词有两个明显的特征:其一,晚唐五代完全是小词的时代,我们从温庭筠的《金奁集》,读到冯延巳的《阳春录》和南唐二主词;从《花间集》读到《尊前集》,除了伪称唐庄宗作的一首《歌头》外，简直找不出第二首百字以上的长词，都是三四十字或五六十字的小词。其二，晚唐五代的词风完全是"婉约""绮艳"的风味，后人谓"词主婉约""词为艳科"的一些话，便是以晚唐五代的词为根据说出来的。

初期的北宋词，一方面是继续用晚唐五代小词的形式，一方面又保留了晚唐五代"婉约""绮艳"的作风。

晏殊是这时期之先进作家，大词人欧阳修张先和范仲淹都是他的门下，晏几道是他的儿子。就词风而论，这些词人也多少受着他一点影响。简直可以说他是这时期词坛的领袖。

殊字同叔，江西抚州临川人。七岁能文，景德初，以神童召试，赐进士出身。仁宗时，官拜集贤殿学士，同中书门下平章事，兼枢密使。谥元献。（九九一——一〇五五）《宋史》称他："平居好贤，当时知名之士，如范仲淹孔道辅皆出其门。……性刚简，奉养清俭。文章赡丽，应用不穷。尤工诗，闲雅有情思。晚岁，笃学不倦。"著文集二百四十卷。

据我们看来，晏殊的诗接近"西昆派"，殊无可取；远不如他的词婉约赡丽。刘攽《中山诗话》说："元献尤喜冯延巳歌词，其所自作，亦不减延巳。"可以说，晏殊的词，全从五代人词中得来，而受冯延巳的影响特大。如果我们把他的词混入冯延巳的词里去，直要使我们莫辨其是谁做的。词例：

清平乐

金风细细，叶叶梧桐坠。绿酒初尝人易醉，一枕小窗浓睡。　　紫薇朱槿初残，斜阳却照阑干。双燕欲归时节，银屏昨夜微寒。

踏莎行

碧海无波，瑶台有路，思量便合双飞去。当时轻别意中人，山长水远知何处！　绮席凝尘，香闺掩雾，红笺小字凭谁附？高楼月尽欲黄昏，梧桐叶上萧萧雨。

又

小径红稀，芳郊绿遍，高台树色阴阴见。春风不解禁杨花，蒙蒙乱扑行人面。　翠叶藏莺，珠帘隔燕，炉香静逐游丝转。一场愁梦酒醒时，斜阳却照深深院。

破阵子

燕子来时新社，梨花落后清明。池上碧苔三四点，叶底黄鹂一两声，日长飞絮轻。　巧笑东邻女伴，采桑径里逢迎。怪疑昨宵春梦好，元是今朝斗草赢，笑从双脸生。

蝶恋花

槛菊愁烟，兰泣露，罗幕轻寒，燕子双飞去。明月不谙离别苦，斜光到晓穿朱户。　昨夜西风凋碧树，独上高楼，望尽天涯路。欲寄彩笺兼尺素，山长水阔知何处？

读过冯延巳的《阳春集》，再来读晏殊的《珠玉词》，一定会骇然，以为这就是冯延巳的词。其实这是不足怪的。不仅晏殊模拟冯延巳的词，就是欧阳修，张先，范仲淹，晏几道，那一个词人不深刻地受了冯延巳词的影响？我们知道五代有两个超绝的词人，一个是南唐后主李煜，一个便是冯延巳。李煜的词，已是圣品，人所难学。冯延巳的词，婉约风流，饶有情致，可以模拟。故初宋那些词人都去模拟他，故王国维《人间词话》说他："堂庑特大，开北宋一代风气。"说冯延巳开北宋一代风气，似乎说得过火一点。但北宋第一时期之词坛，却完全是被冯延巳的词风支配着了的。

欧阳修字永叔，庐陵人，自号醉翁。官至枢密副使参知政事，以太子少师致仕，晚号六一居士，谥文忠。（一〇〇七——一〇七二）他是宋代有名的政治家兼文学家，生平事迹，详具《宋史》本传，这里不赘。

欧阳修文学的造诣是多方面的：他的古文是八大家之一，负有极高的文誉，那是不用说了的；他也能诗，在宋代要算是有名的诗人；他的赋也写得很好；只有词，在许多古人看来，那只算是欧阳修的末技了。但在我们看来，则完全相反，欧阳修只有词才能够表现他文学上最高的造诣。我们与其说欧阳修是古文家，是诗人；则不如说他是词人，更足以表现作者文学的价值。

为什么许多古人都不能认识欧阳修词的伟大呢？这是有大原因的。宋代的人，总以为艳词是离经叛道，名家有此，实足为盛德之累，所以他们常常去替名家的艳词掩讳。如晏殊是很爱写艳词的，他所作《浣溪沙》的"淡淡梳妆薄薄衣，天仙模样好容仪"；《诉衷情》的"东城南陌花下，逢着意中人"，又"心心念念，说尽无凭，只是相思"；《踏莎行》的"当时轻别意中人，山长水远知何处"，这明明是写儿女之情，他的儿子晏几道反说"先君平日小词虽多，未尝作妇人语也"。欧阳修也是最爱写艳词的一个，偏偏又有些闲人来替他辩护。曾慥《乐府雅词序》说："欧公一代儒宗，风流自命。词章窈窕，世所矜式。乃小人或作艳语，谬为公词。"陈质斋道："欧阳公词，多与《花间》《阳春》相混，亦有鄙亵之语厕其中，当是仇人无名子所为也。"蔡絛说"今词之浅近者，前辈多谓是刘煇伪作"。（《西清诗话》）

其实，自晚唐五代词兴以来，至于北宋初期，词坛只有婉约绮艳的风气；要作词，也只有用心去写婉约绮艳的小词，别无他路可走。欧阳修原是"风流自赏"的人，在这个艳词风气笼罩之下，自然也要去作艳词。那是不足奇的。我们觉得欧阳修的艳词，很可以表现他词的一部分的价值，偏偏那般人却说这不是他作的，那真是冤枉了我们的词人了！

现在，请看作者的词：

南歌子

凤髻金泥带，龙纹玉掌梳；走来窗下笑相扶，爱道"画眉深浅入时无"？　　弄笔偎人久，描花试手初，等闲妨了绣工夫，笑问"鸳鸯二字怎生书"？

浪淘沙

今日北池游，漾漾轻舟，波光潋滟柳条柔。如此春来春又去，白了人头。　　好妓好歌喉，不醉难休。劝君满满酌金瓯。纵使花前常病酒，也是风流。

玉楼春

湖边柳外楼高处，望断云山多少路。阑干倚遍使人愁，又是天涯初日暮。　　轻无管系狂无数，水畔花飞风里絮。算伊浑似薄情郎，去便不来来便去。

欧阳修也是承受五代的词风,受《阳春》《花间》诸集的影响很大的。所以他的词往往和《阳春集》《花间集》相混。我们且再举他的几首抒情小词作例:

长相思

花似伊,柳似伊,花柳青青人别离,低头双泪垂!长江东,长江西,两岸鸳鸯两处飞,相逢知几时?

归国谣

何处笛?深夜梦回情脉脉,竹风檐雨寒窗隔。离人几岁无消息。今头白,不眠特地重相忆!

踏莎行

候馆梅残,溪桥柳细,草熏风暖摇征辔。离愁渐远渐无穷,迢迢不断如春水。　寸寸柔肠,盈盈粉泪,楼高休近危栏倚。平芜尽处是春山,行人更在春山外。

玉楼春

樽前拟把归期说,未语春容先惨咽。人生自是有情痴,此恨不关风与月。　离歌且莫翻新阕,一曲能教肠寸结。直须看尽洛城花,始与东风容易别。

蝶恋花

庭院深深深几许?杨柳堆烟,帘幕无重数。玉勒雕鞍游冶处,楼高不见章台路。　雨横风狂三月暮,门掩黄昏,无计留春住。泪眼问花花不语,乱红飞过秋千去。

【按】《蝶恋花》一词,或谓冯延巳作,但考李清照《漱玉词》自注有云:"余极爱欧公庭院深深句",

因用之作《临江仙》词起句。是此词实欧阳修之作。

欧阳修的词，意境沉着，情致缠绵，语句婉转流利，在北宋第一时期的词坛，要算是最值得珍贵的一个作家。

张先字子野，乌程人（或作吴兴人）。少游京师，得晏殊的赏识，辟为通判。尝知吴江县，官至都官郎中。因有"桃李嫁春风郎中"和"云破月来花弄影郎中"之名。他又号张三影。

【按】《古今词话》载："有客谓子野曰：'人皆谓公张三中'，即心中事，眼中泪，意中人也。公曰：'何不目之为张三影？'客不晓。公曰：'云破月来花弄影；娇柔懒起，帘压卷花影；柳径无人，堕飞絮无影；此皆余生平所得意也。'"

张先活了八十多岁，苏轼在杭州犹及见他。叶梦得《石林诗话》说：

张先郎中能为诗及乐府，至老不衰。居钱塘，苏子瞻作倅时，先年已八十余，视听尚精强，家犹蓄声妓。子瞻尝赠以诗云："诗人老去莺莺在，公子归来燕燕忙。"盖全用张氏故事戏之。先和云："愁似鳏鱼知夜永，懒同蝴蝶为春忙"，极为子瞻所赏。然俚俗多喜传咏先乐府，遂掩其诗声。……

张先本是一位诗人，他的生平也是过的诗的生活，惟诗名为

词名所掩,后人遂只知他是一位词人。(九九〇——一〇七八)

张先是跨北宋第一时期和第二时期的作者,他的小词接近晏殊欧阳修一派;他的长词接近柳永一派。关于作者的长词,且让下一章去叙述,我们这里来看看他的小词吧:

南乡子
何处可魂消,京口终朝两信潮。不管离人千叠恨,滔滔,催促行人动去桡。　　记得旧江皋,绿杨轻絮几条条。春水一篙残阳阔,遥遥,有个多情立画桥。

相思令
蘋满溪,柳绕堤,相送行人溪水西,回时陇月低。烟霏霏,风凄凄,重倚朱门听马嘶,寒鸥相对飞。

菩萨蛮
夜深不至春蟾见,令人更更情飞乱。翠幕动风亭,时疑响屧声。　　花香闻水榭,几误飘衣麝。不忍下朱扉,绕廊重待伊。

生查子(弹筝)
含羞整翠鬟,得意频相顾。雁柱十三弦,一一春莺语。娇云容易飞,梦断知何处?深院锁黄昏,阵阵芭蕉雨。

青门引
乍暖还轻冷,风雨晚来方定。庭轩寂寞近清明。残花中酒,又是去年病。　　楼头画角风吹醒,入夜重门静。那堪更被明月,隔墙送过秋千影!

李端叔说:"子野词才不足而情有余。"这似乎是比较适当的批评。

晏几道字叔原，号小山。晏殊的第七子。曾监颖昌许田镇。以他的年代论，本不是这时期的人物了；但他的作风，还是隶属于这时期旗帜之下的。《江西通志》称他："能文章，善持论，尤工乐府。其《小山词》清壮顿挫，见者击节，以为有临淄公风。"不错，晏几道的词是受了乃父的影响的。

燕归梁

莲叶雨，蓼花风，秋恨几枝红。远烟收尽水溶溶，飞雁碧云中。　衷肠事，鱼笺字，情绪年年相似。凭高双袖晚寒浓，人在月桥东。

采桑子

西楼月下当时见，泪粉偷匀，歌罢还颦，恨隔炉烟看未真。　别来楼外垂杨缕，几换青春。倦客红尘，长记楼中粉泪人。

临江仙

梦后楼台高锁，酒醒帘幕低垂。去年春恨却来时：落花人独立，微雨燕双飞。　记得小蘋初见，两重心字罗衣。琵琶弦上说相思。当时明月在，曾照彩云归！

点绛唇

妆席相逢，旋匀红泪歌金缕。意中曾许，欲共吹花去。长爱荷香,柳色殷桥路，留人住。淡烟微雨，好个双栖处！

清平乐

留人不住，醉解兰舟去。一棹碧涛春水路，过尽晓莺啼处。　渡头杨柳青青，枝枝叶叶离情。此后锦书休寄,画楼云雨无凭。

菩萨蛮

个人轻似低飞燕,春来绮陌时相见。堪恨两横波,恼人情绪多。　长留青鬓住,莫放红颜去。占取艳阳天,且教伊少年。

晏几道与晏殊虽然是父子关系,但他们的个性与生活,很不相同。晏殊的个性很刚简,晏几道的个性很浪漫;晏殊是过的政治家的生活,晏几道是享受文学家的生活。黄庭坚《序小山词》说:"叔原固人英也,其痴亦自绝人。……仕宦之运蹇,而不一傍贵人之门,是一痴也。论文自有体,不肯一作新进士语,此又一痴也。费资千百万,家人寒饥,而面有孺子之色,此又一痴也。人百负之而不恨,已信人终不疑其欺己,此又一痴也。"因为晏几道是一个没有失却赤子之心的痴人,他的词也带着几分痴气,这是和**晏殊词风不同的地方**。例如:

蝶恋花

醉别西楼醒不记,春梦秋云,聚散真容易。斜月半窗还少睡,画屏间展吴山翠。　衣上酒痕诗里字,点点行行,总是凄凉意。红烛自怜无好计,夜寒空替人垂泪!

鹧鸪天

小令尊前见玉箫,银灯一曲太妖娆。歌中醉倒谁能恨,唱罢归来酒未消。　春悄悄,夜迢迢,碧云天共楚宫腰。梦魂惯得无拘检,又踏杨花过谢桥。

又

彩袖殷勤捧玉钟，当年拚却醉颜红。舞低杨柳楼心月，歌罢桃花扇底风。　从别后，忆相逢，几回魂梦与君同。今宵剩把银釭照，犹恐相逢是梦中。

我们读了《小山词》的"梦魂惯得无拘检，又踏杨花过谢桥""舞低杨柳楼心月，歌罢桃花扇底风"，当可想见作者不羁的风度。

周济《论词杂著》说："晏氏父子，仍步温韦，小晏精力尤胜。"这是不错的，我们也觉得晏几道的词做得比他父亲好。

上面叙述的都是词人的词。在这个时期的词坛里面，也有不是专门作词的人，间为小词，往往清新可喜。如寇準（字平仲，下邽人）的《江南春》：

波渺渺，柳依依，孤村芳草远，斜日杏花飞。江南春尽离肠断，蘋满汀洲人未归。

钱惟演（字希圣，吴越王钱俶之子）的《玉楼春》：

城上风光莺语乱，城下烟波春拍岸。绿杨芳草几时休，泪眼愁肠先已断。　情怀渐变成衰晚，鸾镜朱颜惊暗换。昔年多病厌芳樽，今日芳樽惟恐浅。

黄昇《花庵词选》谓此暮年作词，极凄惋。又如韩琦（字稚圭，安阳人）的《点绛唇》：

病起恹恹，庭前花影添憔悴。乱红飘砌，滴尽真珠泪。惆怅前春，谁向花前醉？愁无际！武陵凝睇，人远波空翠。

范仲淹（字希文，吴县人）的《苏幕遮》：

碧云天，红叶地，秋色连波，波上寒烟翠。山映斜阳天接水；芳草无情，更在斜阳外。　黯乡魂，追旅思，夜夜除非，好梦留人睡。明月楼高休独倚。酒入愁肠，化作相思泪。

这些作者，不是名相，便是名将。他们写起词来，也不免带几分儿女的情态。可知这时期的词风，完全是以婉约绮艳为主。此外如赵抃的《折新荷引》，陈尧佐的《踏莎行》，王琪的《望江南》，叶清臣的《贺圣朝》，宋祁的《浪淘沙》，贾昌朝的《木兰花令》，司马光的《西江月》，都是很好的艳词。大概这时期的作品，多具有"情致斌媚，音调谐叶，词句清婉"的几种特色。小词到了这个时期，可以说是登峰造极淋漓尽致的发展了。

二　北宋词的第二期

北宋第一时期的词，是继承五代词风的时期，是小词发达的时期；北宋第二时期的词，是创造新词风的时期，是长的慢词起来的时期。

柳永是这时期的主干词人，也就是慢词的创造者。本来在柳永以前，也有长词的纪录，但都靠不住。宋翔凤说：

> 先于耆卿柳永，如韩稚圭范希文作小令，惟欧阳永叔间有长词，罗长源谓多插入柳词，则未必欧作。余谓慢词当始于耆卿矣。（《乐府餘论》）

吴曾也说：

> 按词自南唐以来，但有小令。慢词当起于宋仁宗朝。中原息兵，汴京繁庶，歌台舞席，竞赌新声。耆卿失意无俚，流连坊曲。遂尽收俚俗语言，编入词中，以便伎人传习。一时动听，散播四方。其后东坡、少游、山谷辈相继有作，慢词遂盛。（《能改斋漫录》）

慢词是什么？《乐府餘编》说："慢者曼也，谓曼声而歌者也。"这是说慢词就是曼艳之词。

由上面那几段话，我们知道慢词（一）是长词；（二）是新声；（三）是艳词；（四）是俚俗语言。柳永就是慢词的首创者。

在这里我们最要注意的，是"新声"二字。李清照《词论》说："始有柳屯田永者，变旧声，作新声，出《乐章集》，大得声称于世。"所谓新声，当然是指新的声乐。我们就李清照的话和前面的话联串起来，便很显然的知道：当柳永的时代实有两种乐，一种是五代传下来已经不流行了的旧乐,一种是在当代流行的新乐。晏殊欧阳修辈的词只适应旧声,所以在当代不很流行。柳永的词不跟死了的旧声乐走,自创新律,以叶新声;而且以俚俗语言作词,迎合一般社会趋时爱新的心理,故能"一时动听,散播四方",故其《乐章集》"大得声称于世"。

柳永初名三变,字耆卿。(或以为初名永,后改名三变。)福建崇安人(或作乐安)。仁宗景祐元年进士(一○三四)。他的生卒不可考,大约是十一世纪上半期的人。官至屯田员外郎,故世号柳屯田。叶梦得《避暑录话》称他:"为举子时,多游狭邪。善为歌词。教坊乐工,每得新腔,必求永为词,始行于世。"可见他少年时词誉已是很高了。但他一生的落拓,就是作词之累。吴曾《能改斋漫录》载:

> 仁宗留意儒雅,务本向道,深斥浮艳虚华之文。初进士柳三变好为淫冶讴歌之曲,播传四方。尝有《鹤冲天》词云:"忍把浮名,换了浅斟低唱。"及临轩放榜,特落之曰:"且去浅斟低唱,何要浮名?"

后来他改名为永,方才中了景祐元年的进士。陈师道《后山诗话》载:

> 柳三变游东都南北二巷,作新乐府。……仁宗颇好其词,每对宴,必使侍从歌之再三。三变闻之,作官词号《醉蓬莱》,因内官达后官,且求其助,仁宗闻而觉之,自是不复歌其词矣。

黄昇《花庵词选》又载：

> 永为屯田员外郎，会太史奏老人星见。时秋霁，宴禁中。仁宗命左右词臣为乐章，内侍属柳应制。柳方冀进用，作此词奏呈。上见首有渐字，色若不怿。读至"宸游凤辇何处"，乃与御制真宗挽词暗合，上惨然。又读至"太液波翻"，曰"何不言波澄"？投之于地，自此不复擢用。

柳永政治上的活动，既然再三失意，便不能不抛弃浮名的幻想，去换"浅斟低唱"了。从此便永远流连于歌舞场中，消磨他的年华了。他的词大都是替歌妓们写的。《方舆胜览》称他："卒于襄阳。死之日，家无余财。群妓合金葬之于南门外，每春月上冢，谓之吊柳七。"但《独醒杂志》的记载则与此不同："柳耆卿……既死葬于枣阳县花山。远近之人，每遇清明多载酒肴饮于耆卿墓侧，谓之吊柳会。"王士祯诗云："残月晓风仙掌路，何人为吊柳屯田。"则柳永墓应在仪真之仙人掌。这几说未是孰是。总之，一代的词人是这样潦倒以终了。

攻击柳永词的人，总是说柳词爱写"闺帏淫媟之语"。在我们看来，柳永爱写"闺帏之语"是不错，但不能即说是"淫媟"。其词如：

昼夜乐

洞房记得初相遇，便只合长相聚。何期小会幽欢，变作离情别绪。况值阑珊春色暮，对满目乱花狂絮。直恐好风光,尽随伊归去。 一场寂寞凭谁诉?算前言总轻负。早知恁地难拚,悔不当初留住。其奈风流端正外,更别有系人心处。一日不思量,也攒眉千度。

八声甘州

对潇潇暮雨洒江天,一番洗清秋。渐霜风凄紧,关河冷落,残照当楼。是处红衰翠减,苒苒物华休。惟有长江水,无语东流。 不忍登高临远,望故乡渺邈,归思难收。叹年来踪迹,何事苦淹留?想佳人妆楼长望,误几回天际识归舟。争知我倚阑干处,正恁凝愁!

雨霖铃

寒蝉凄切,对长亭晚,骤雨初歇。都门帐饮无绪,方留恋处,兰舟催发。执手相看泪眼,竟无语凝咽。念去去千里烟波,暮霭沉沉楚天阔。 多情自古伤离别,更那堪冷落清秋节。今宵酒醒何处,杨柳岸,晓风残月。此去经年,应是良辰好景虚设。便纵有千种风情,更与何人说!

婆罗门令

昨宵恁和衣睡,今宵又恁和衣睡。小饮归来初更过,醺醺醉。中夜后,何事还惊起? 霜天冷,风细细,触疏窗,闪闪灯摇曳。 空床展转重追想,云雨梦,任敧枕难继。寸心万绪,咫尺千里。好景良天,彼此空有相怜意,未有相怜计。

这些词不但不能说是"淫媒",而且很雅。不过这所谓雅,不是指文字雅俗之雅,而是指"意境完美"的雅。如"想佳人妆楼长望，误几回天际识归舟"，是一个多么有诗意的境界！如"今宵酒醒何处，杨柳岸，晓风残月"，又是多么有诗意的境界。柳永特别的技能，是工于描写，无论什么俗字俗句，一经柳永运用，便成了活跃的描绘，所以许多人都称赞他"工于铺叙"。不懂得柳永的人，不是说"耆卿词虽极工，然多杂以鄙语"（孙敦立语），便是说"耆卿词铺叙展衍，备足无余，较之《花间》所集，韵终不胜"（李端叔语）。这都是皮相之谈。周济在他的《论词杂著》说得最好："其铺叙委婉，言近意远，森秀幽深之趣在骨。"项平斋的话亦是不错的，他说柳词和杜甫的诗一样，"皆无表德，只是实说"。因为是"实说"，所以能够代表时代。范镇尝说："仁宗四十二年太平，镇在翰苑十余载，不能出一语咏歌，乃于耆卿词见之。"（《方舆胜览》）真的，在北宋词中人，只有柳永词能够把那时太平景象逼真地表现出来。例如：

望海潮

　　东南形胜，江吴都会，钱塘自古繁华。烟柳画桥，风帘翠幕，参差十万人家。云树绕堤沙，怒涛卷霜雪，天堑无涯。市列珠玑，户盈罗绮，竞豪奢。　　重湖叠巘清佳，有三秋桂子，十里荷花，羌管弄晴，菱歌泛夜，嬉嬉钓叟莲娃。千骑拥高牙。乘醉听箫鼓，吟赏烟霞。异日图将好景，归去凤池夸。

鹤冲天

　　黄金榜上，偶失龙头望。明代暂遗贤，如何向？未遂风云便，争不恣狂荡？何须论得丧？才子词人，自是白衣卿相。　　烟花巷陌，依约丹青屏障。幸有意中人，堪寻访。且恁偎红倚翠，风流事，平生畅。青春都一饷，忍把浮名，换了浅斟低唱。

前一首是描写笙歌繁华，后一首是描写风流浪漫，都写得好。传说此词流播到金，金主亮看了"有三秋桂子，十里荷花"之句，欣然起投鞭渡江之志。（据《钱塘遗事》）可见柳词流传之广，动人之深。叶梦得《避暑录话》说："尝见一西夏归朝官云：'凡有井水处，即能歌柳词。'"是则柳永的词简直名满天下了。

因为柳永的词是比较俚俗化的文艺，所以能够流传于民间，至于名满天下。但因为其词俚俗的缘故，便有许多人说他风格不高。那是不错，柳词风格并不能算高。可是，风格不高，实不足为柳词病。古今词人风格之高无如姜夔。然我们读姜词总如雾里看花一样，没有能够十分使我们感兴的。词的第一要义是描写，如果离开了描写而谈风格，真是舍其本而齐其末。陈质斋对于柳永有一个很恰当的批评：

柳词格不高，而音律谐婉，词意妥帖，承平气象，形容尽致，尤工于羁旅行役。

宋翔凤的批评更好：

柳词曲折委婉，而中具浑沦之气。虽多鄙语，而高处足冠横流。……以屯田一生精力在是，不如东坡辈以余事为之也。

当着柳永创制慢词的时候,张先也跟着有作。其词如:

卜算子慢

溪山别意,烟树去程,日落采蘋春晚。欲上征鞍,更掩翠帘回面相眱,惜弯弯浅黛长长眼。奈画阁欢游,也学狂花乱絮轻散。　　水影横池馆,对静夜无人,月高云远。一饷凝思,两眼泪痕还满。难遣!恨私书又逐东风断!纵梦泽层楼万尺,望湖城那见?

谢池春慢

缭墙重院,时闻有啼莺到。绣被掩余寒,画幕明新晓。朱槛连空阔,飞絮无多少。径莎平,池水渺,日长风静,花影闲相照。　　尘香拂马,逢谢女,城南道。秀丽过施粉,多媚生轻笑。斗色鲜衣薄,碾玉双蝉小。叹难偶,春过了。琵琶流怨,都入相思调。

因为张先工小词,又能写长词,所以有人说他"上结晏欧之局,下开苏秦之先"。又因为在这时期只有柳永和张先写长词,所以后人总喜欢拿他俩并称。晁补之说:"子野与耆卿齐名,而时以子野不及耆卿。然子野韵高,是耆卿所乏处。"我以为张先韵高而才短,决不能和描绘的圣手柳永相比拟。

秦观是继柳永张先而起的慢词作家。他字少游,一字太虚,扬州高邮人。少豪隽慷慨,溢于文词。登进士第。元祐初,苏轼以贤良方正荐于朝,除太学博士,秘书省正字,后兼国史院编修官。绍圣初,坐党籍削秩,贬放于处州,徙郴州,横州,雷州等处。

后放还至藤州,醉死于光化亭。(一〇四九——一一〇〇)有《淮海词》一卷。他本是苏门四学士之一,在四学士中,苏轼尤与他相友善,称为今之词手。但他的词却与苏轼完全不同调,而倾向柳永的作风,长词尤近柳永一派。

望海潮

梅英疏淡,冰澌溶泄,东风暗换年华。金谷俊游,铜驼巷陌,新晴细履平沙。长记误随车,正絮翻蝶舞,芳思交加。柳下桃蹊,乱分春色到人家。　西园夜饮鸣笳,有华灯碍月,飞盖妨花。兰苑未空,行人渐老,重来事事堪嗟!烟暝酒旗斜,但倚楼极目,时见栖鸦。无奈归心,暗随流水到天涯。

满庭芳

山抹微云,天粘衰草,画角声断谯门。暂停征棹,聊共引离尊。多少蓬莱旧事,空回首,烟霭纷纷。斜阳后,寒鸦数点,流水绕孤村。　消魂当此际,香囊暗解,罗带轻分。漫赢得青楼薄幸名存。此去何时见也?襟袖上空染啼痕。伤情处,高城望断,灯火已黄昏。

秦观的词,擅长写情,他的艳词写得好,愁苦之词尤其写得好,试举几首为例:

河传

乱花飞絮,又望空斗合,离人愁苦。那更夜来,一霎薄情风雨,暗掩将春色去。　篱枯壁尽因谁做?若说相思，佛也眉儿聚。莫怪为伊，抵死萦肠惹肚，为没教人恨处。

踏莎行

雾失楼台，月迷津渡，桃源望断无寻处。可堪孤馆闭春寒，杜鹃声里斜阳暮。　驿寄梅花，鱼传尺素，砌成此恨无重数。郴江幸自绕郴山，为谁流下潇湘去？

王国维称秦观："词境最为凄婉，至'可堪孤馆闭春寒，杜鹃声里斜阳暮'，则变而凄厉矣。"（《人间词话》）冯煦也说："淮海古之伤心人也。"（《宋六十一家词选序》）

他不仅工于长调，其小词绰约轻盈，亦多佳作，如：

如梦令

莺嘴啄花红溜，燕尾点波绿皱。指冷玉笙寒，吹彻小梅春透。依旧，依旧，人与绿杨俱瘦。

浣溪沙

漠漠轻寒上小楼，晓阴无赖似穷秋，淡烟流水画屏幽。　自在飞花轻似梦，无边丝雨细如愁，宝帘闲挂小银钩。

秦观在元祐间与黄庭坚齐名。若仅论词，则许多词话家都认定黄不如秦。晁补之且这样说："近来作者皆不及少游。"蔡伯世亦云："子瞻辞胜乎情，耆卿情胜乎辞，辞情相称者，唯少游而已。"由此即可想见秦观之词誉之高。

自经过柳永，张先，秦观等，喜欢作长篇的慢词，并且贡献了许多好作品以后，这条新路便热闹起来，此后的词人大都在长篇的词里面发挥他们的才华了。

三　北宋词的第三期

北宋词的第三期，是词体的解放时期，是作词如作诗的时期，名作家苏轼便完全代表了这时期词坛的特色。

纪昀《四库提要》曾以苏轼的词来比韩愈的诗。我们且不必追问词家之有苏轼，是否如诗家之有韩愈。我们只要说明词到了苏轼真是大变而特变了。柳永虽然创制了慢词，但他的描写，离不开"儿女之情"；他的作风，还是继承《花间集》的绰约风调；还没有打破"词为艳科"的观念。到了苏轼才把"词为艳科"的狭隘范围完全打破，才扩大词体的描写，才拿词来写胸襟怀抱，才变婉约的作风为豪放的作风。胡寅说：

> 词曲至东坡，一洗绮罗芗泽之态，摆脱绸缪宛转之度。使人登高望远，举首浩歌，逸怀浩气，超乎尘垢之外。于是《花间》为皂隶。而耆卿为舆台矣。

因为苏轼的词，过于奔放□出，不受格律的拘束，所以人都称苏词为"曲子中缚不住者"。陆游说：

> 世言东坡不能歌，故所作乐府词多不协。晁以道谓绍圣初，与东坡别于汴上。东坡酒酣，自歌《古阳关》。则公非不能歌，但豪放不喜裁剪以就声律耳。

苏轼写词是拿来表现自己的，不是写给乐工歌伎们唱的，所以只求写得好，不问合不合音律。于是一变音乐底词而为文学底词。许多人为传统观念所蔽，以为词决不可以离音乐而独立。因此否认苏轼这一派的词是正宗，说是别派，谓其"虽极天下之工，要非本色"。其实，词失却音乐性的时候，不过没有音乐上的价值。只要写得好，我们决不能否认其文学的价值。所以纪昀的批评苏词也说"寻源溯流，不能不谓之别格。然谓之不工则不可"。我们觉得只要词工，便是具备了文学最高意义，什么"别派"，什么"不协音律"，均不足以病词人。

这是我们在叙述苏派的词人以前应有的认识。

苏轼字子瞻，眉山人。自号东坡居士。（一〇三七——一一〇一）他的事迹俱见《宋史》本传，知道的人很多，这里不复赘叙。他也是多方面的文学家，文章诗赋都做得很好。他在词史上的地位尤高。因为有了苏轼起来，词体才扩张很大的领域，才得大大的解放。仅仅这一点，我们已经不能忽视苏轼对于词的工作成绩；更何况他的作品又具有不可磨灭的价值呢。

我们读了晚唐五代的词，读了北宋初期晏殊欧阳修的词和第二时期柳永张先的词，再来读苏轼的词，一定要发现新的欣赏趣味，一定会精神一振。因为苏词引导我们离开了百余年来都是这样温婉绮靡的路，而走向一条雄壮奔放的新路。这条新路是可以使我们鼓舞，可以使我们兴奋，而不是叫我们昏醉在红灯绿酒底下的"靡靡之音"。例如：

念奴娇（赤壁怀古）

大江东去，浪淘尽，千古风流人物。故垒西边，人道是三国周郎赤壁。乱石崩云，惊涛拍岸，卷起千堆雪。江山如画，一时多少豪杰。　遥想公瑾当年，小乔初嫁了，雄姿英发，羽扇纶巾，谈笑间，樯橹灰飞烟灭。故国神游，多情应笑我，早生华发。人间如梦，一樽还酹江月。

水调歌头

明月几时有？把酒问青天。不知天上宫阙，今夕是何年？我欲乘风归去，又恐琼楼玉宇，高处不胜寒。起舞弄清影，何似在人间？　转朱阁，低绮户，照无眠。不应有恨，何时偏向别时圆？人有悲欢离合，月有阴晴圆缺，此事古难全。但愿人长久，千里共婵娟。

苏轼的词是多方面的，他随兴趣之所至，有时抒情，有时叙事，有时说理，一切的材料都是他词里面的描写材料，他什么词都写得好。有人说他不会写情词，说他的词是"关西大汉，执铁绰板，唱《大江东去》"，不是"十七八女孩儿，按红牙拍"所歌唱的。（据《吹剑续录》）这就是讥笑苏轼不能作儿女情话。其实，苏轼的情词写得很好。王士禛说："枝上柳绵，恐屯田缘情绮靡，未必能过。孰谓东坡但解作《大江东去》焉？"

往下且看他的词：

蝶恋花

花褪残红青杏小，燕子飞时，绿水人家绕。枝上柳绵吹又少，天涯何处无芳草。　架上秋千墙外道；墙外行人，墙里佳人笑。笑渐不闻声渐杳，多情却被无情恼！

又

蝶懒莺慵春过半，花落狂风，小院残红满。午醉未醒红日晚，黄昏帘幕无人卷。　云鬓鬅松眉黛浅，总是愁媒，欲诉谁消遣？未信此情难系绊，杨花犹有东风管。

卜算子（高黄州定慧院寓居作）

缺月挂疏桐，漏断人初静。时见幽人独往来，缥缈孤鸿影。　惊起却回头，有恨无人省。拣尽寒枝不肯栖，寂寞沙洲冷。

如梦令

为向东坡传语，人在玉堂深处。别后有谁来，雪压小桥无路。归去，归去，江上一犁春雨。

浣溪沙

道字娇讹语未成，未应春阁梦多情，朝来何事绿鬟倾？　彩素身轻长趁燕，红窗睡重不闻莺，困人天气近清明。

贺黄公《词筌》说："如此风调，令十六七女郎歌之，岂在《晓风残月》之下？"真的，我们读了这些小词，不知道豪放的苏轼那里去了？他的长词也很有绮丽之作：

洞仙歌

冰肌玉骨，自清凉无汗，水殿风来暗香满。绣帘开，一点明月窥人；人未寝，欹枕钗横鬓乱。　起来携素手，庭户无声，时见疏星渡河汉。试问夜如何？夜已三更，金波淡，玉绳低转。但屈指西风几时来，又不道流年暗中偷换！

水龙吟（次韵章质夫《杨花词》）

似花还似非花，也无人惜从教坠。抛家傍路，思量却是，无情有思，萦损柔肠。困酣娇眼，欲开还闭，梦随风万里，寻郎去处，又还被莺呼起。　不恨此花飞尽，恨西园落红难缀。晓来雨过，遗踪何在？一池萍碎，春色三分：二分尘土，一分流水。细看来，不是杨花，点点是离人泪！

如此看来，苏轼也是写情的能手，不过他作风的方面很多，不专以此见长耳。

与苏轼齐名的有黄庭坚。他的词虽不如苏轼的伟大，但就豪放恣肆一点说，他是与苏词的风格有几分相同的。

庭坚字鲁直，号山谷，洪州分宁人。登进士第，为叶县尉，除北京国子监教授。累官秘书丞，国史编修官。后坐事贬涪州别驾，安置黔州。建中靖国初，召知太平州，后除名编管宜州。寻卒。（一〇四五——一一〇五）著《山谷词》二卷。

他的词受了苏轼很深的影响，喜自由写作而脱略音律，所以晁补之讥其"著腔子唱好诗"。然其具有气力之表现，要为不易企及。如《水调歌头》：

> 瑶草一何碧！春入武陵溪。溪上桃花无数，枝上有黄鹂。我欲穿花寻路，直入白云深处，浩气展虹霓。只恐花深里，红雾湿人衣。　　坐玉石，倚玉枕，拂金徽。谪仙何处？无人伴我白螺杯。我为灵芝仙草，不为朱唇丹脸，长啸亦何为？醉舞下山去，明月逐人归。

在《山谷词》里面，可惜这类的作品并不多。作者最喜欢写的是男女之私情，有许多是世所艳称的。如：

> 沁园春
> 把我身心，为伊烦恼，算天便知。恨一回相见，百回做计，未能偎倚，早觅东西。镜里拈花，水中捉月，觑着无由得近伊。添憔悴，镇花销翠减，玉瘦香肌。　　奴儿又有行期。你去即无妨，我共谁？向眼前常见，心犹未足；怎生禁得，真个分离？地角天涯，我随君去。掘井为盟无改移！君须是，做些儿相度，莫待临时。

> 少年心
> 对景惹起愁闷，染相思，病成方寸。是阿谁先有意？阿谁薄幸？斗顿恁少喜多嗔！　　合下休传音问，你有我，我无你分。似合欢桃核，真堪人恨：心里有两个人人！

如此写得露骨，风格自然不高。当代的人大都对庭坚这种词表示不满，他的好友陈师道便说："时出俚浅，可称伧父。"文字的俚浅原不足为病，但思意过于粗俗，则词品乃流于下乘了。庭坚的词便深中此病而被人斥为"淫词"。

苏黄以后，更找不出用作诗方法来大刀阔斧地作词的豪放词人，这一派直到南宋辛弃疾等才继续发挥光大起来。

苏门济济多士，能词者甚多。除秦观，黄庭坚以外，尚有晁补之，陈师道，张耒等。受知于苏轼的词家，则有李之仪，程垓，毛滂诸人。其不属苏门而同时以词著称者，尚有贺铸，谢逸等。这许多词人把元祐时期造成为极盛的词坛，如诗歌之有建安时期一样。

晁补之，字无咎，巨野人。举进士，元祐初除秘书省正字，通判扬州，召还为著作郎。绍兴末坐党籍徙湖州等处。后起知泗州卒。（一〇五三——一一一〇）补之为人才气飘逸，不重功名，常自悔"儒冠曾把身误"。词有《琴趣外篇》六卷。例如《临江仙》（信州作）：

绿暗汀洲三月暮，落花风静帆收。垂杨低映木兰舟。半篙春水滑，一段夕阳愁。　灞水桥东回首处，美人新上帘钩。青鸾无计入红楼。行云归楚峡，飞梦到扬州。

补之词高旷处颇接近苏轼，其贬玉溪时所作之《迷神引》，极为悲壮，堪称补之的代表作。其词如下：

黯黯青山红日暮，浩浩大江东注。余霞散绮，回向烟波路。使人愁，长安远，在何处？几点渔灯，小迷近坞；

一片客帆，低傍前浦。　　暗想平生，自悔儒冠误。觉阮途穷，归心阻，断魂萦目，一千里伤平楚。怪竹枝歌，声声怨，为谁苦！猿鸟一时啼，惊岛屿烛暗，不成眠，听津鼓。

陈质斋云："无咎词佳者固未逊秦七、黄九。"

陈师道，字履常，一字无己，号后山，彭城人。元祐初为徐州教授，迁太学博士，终秘书省正字。（一〇五三——一一〇二）他的诗有名于世，词有《后山长短句》二卷。以小词为最擅长，例如《清平乐》：

藏藏摸摸，好事争如莫。背后寻思浑是错，猛与将来放著。　　吹花卷絮无踪，晚妆知为谁红？梦断阳台云雨，世间不要东风。

师道尝自矜许："他文未能及人，独于词不减秦七、黄九"，实则其诗文大可以与秦、黄相抗衡，而词则未免略逊一筹也。

张耒，字文潜，淮阴人。第进士，历官起居舍人，以直龙图阁知润州，坐党籍谪官，晚监南岳庙，主管崇福宫。（一〇五四——一一一四）有《宛溪集》。其传词甚少，例如《风流子》：

亭皋木叶下，重阳近，又是捣衣秋。奈愁入庾肠，老侵潘鬓，谩簪黄花，花也应羞。楚天晚，白蘋烟尽处，红蓼水边头。芳草有情，夕阳无语，雁横南浦，人倚西楼。玉容知安否？红笺共锦字，两处悠悠。空恨碧云离合，青鸟沉浮。向风前懊恼：芳心一点，寸眉两叶，禁甚闲愁？情到不堪言处，分付东流！

张耒所传的几首词都写得好，他的作风显然接近柳永一派。

李之仪，字端叔，自号姑溪居士，无棣人。徽宗初，提举河东常平，编管太平，徙唐州，终朝请大夫。有《姑溪词》二卷。他在当世无盛名，而所作小词极可观。例如：

清平乐

萧萧风叶，似与更声接。欲寄明珰非为怯，梦断兰舟桂楫。　学书但写鸳鸯，却应无那愁肠。安得一双飞去，春风芳草池塘。

卜算子

我住长江头，君住长江尾。日日思君不见君，共饮长江水。　此水几时休？此恨何时已？只愿君心似我心，定不负相思意。

纪昀称之仪："小令尤清婉峭蒨，殆不减秦观。"

程垓，字正伯，眉山人。为苏轼中表。家有拟舫名书舟，故词集号《书舟词》。杨慎盛称其《酷相思》《四代好》《折红英》数词，今举《酷相思》一首为例：

月挂霜林寒欲坠，正门外催人起。奈离别如今真个是，欲住也留无计，欲去也来无计。　马上离情衣上泪，各自个供憔悴。问江路梅花开也未？春到也须频寄，人到也须频寄。

该词颇具豪放之致，纪昀云："苏，程为中表，耳濡目染，有自来也。"

毛滂，字泽民，江山人。尝知武康县，又知秀州。以诗文乐府受知于苏轼。著《东堂词》。其《惜分飞》一首最有名：

泪湿阑干花着露，愁到眉峰碧聚。此恨平分取，更无言语空相觑。　　断雨残云无意绪，寂寞朝朝暮暮。今夜山深处，断魂分付潮回去。

陈质斋云："滂他词虽工，未有能及此者。"

贺铸，字方回，卫州人。元祐中通判泗州，又倅太平州，退居吴下，自号庆湖遗老。（一〇五二——一一二五）著《东山寓声乐府》三卷。他的词以《青玉案》一首最有名：

凌波不过横塘路，但目送芳尘去。锦瑟年华谁与度？月台花榭，琐窗朱户，惟有春知处。　　碧云冉冉蘅皋暮，彩笔新题断肠句。试问闲愁都几许？一川烟草，满城风絮，梅子黄时雨。

铸此词传诵一时，士大夫皆服其"梅子黄时雨"句之工，称之为贺梅子。作者其他的小词亦多工者。

谢逸，字无逸，自号溪堂，临川人。第进士后，绝意仕进，闲居多从衲子游，以诗文自遣。著《溪堂词》。其《江城子》最著名：

杏花村馆酒旗风，水溶溶，飏残红。野渡舟横，杨柳绿阴浓。望断江南山色远，人不见，草连空。　　夕阳楼外晚烟笼，粉香融，淡眉峰。记得年时，相见画屏中。只有关山今夜月，千里外，素光同。

纪昀称作者此词："语意清丽，良非虚美。"更有谓谢逸的词尚在晁补之张耒之上者，那就未免过誉了。

四　北宋词的第四期

　　词人有两种：有乐工的词；有文人的词。乐工的词，是能协乐能歌的，但多半做得不好；文人的词，做是做得很好了，却往往不能协乐。词的进展，是由乐工的词，进为文人的词。词到了北宋，那些文人都拿词来作闲暇的吟咏，不复被之管弦了。词与乐府便渐渐分离起来，除了一个柳永专门作乐府词，给那些歌伎们去唱外，大多数的文人的词，都一步一步离开音乐的立场，专门去卖弄文字上的技巧了；到了苏轼黄庭坚一般诗人，他们大刀阔斧，淋漓肆放的去做词，不屑咬文嚼字，不管声调格律，便越离乐府越远了。以至于他们的词不复能歌。
　　北宋的词坛，可以说是建设在"文学底赏鉴"上面；不是建设在"乐府"的上面。

直到北宋的末年，词与乐府才再合拢起来，乐府词才复兴起来。

乐府词的能够复兴，我们不能不归功于宋徽宗。徽宗自己是一个富有艺术天才的文人，又是很爱好音乐的人。他创造一个大晟府，叫一般懂得音乐的文人去主持。他们的词完全依照音乐的曲拍去做，造成北宋末年一种词的新风气。

如宋徽宗，周邦彦及女词人李清照等，都是这时候的乐府词家。

宋徽宗的词有两种境地，在没有被虏以前，他是享受着最美满的皇帝生活，那时的词完全是曼艳绮丽之作，是一种境地；后来他失掉了至尊的权威，身作囚犯，在北地备受精神物质之苦，这时的词凄凉悱恻，令人欲泪，又是一种境地。代表他前期生活的作品，如《探春令》：

帘旌微动，峭寒天气，龙池冰泮。杏花笑吐香犹浅，又还是春将半。　清歌妙舞从头按，等芳时开宴。记去年对着东风，曾许不负莺花愿。

代表他后期生活的作品，如《燕山亭》（北行见杏花）：

裁剪冰绡，轻叠数重，淡著燕脂匀注。新样靓妆，艳溢香融，羞杀蕊珠宫女。易得凋零，更多少，无情风雨。愁苦！闲院落凄凉，几番春暮？　凭寄离恨重重，这双燕何曾会人言语。天遥地远，万水千山，知他故宫何处？怎不思量，除梦里，有时曾去。无据！和梦也新来不做。

眼儿媚（北地）

玉京曾忆旧繁华,万里帝王家。琼楼玉殿,朝喧弦管,暮列笙琶。　　花城人去今萧索,春梦绕胡沙。家山何处?忍听羌管,吹彻《梅花》。

我们看前面的"记去年对着东风,曾许不负莺花愿",是何等的曼丽!到后面的"凭寄离恨重重,这双燕何曾会人言语",又是何等的凄凉!徽宗真是一位天生才人,这两种不同境地的词,都描写得极好。只可惜他遗传下来的词太少了。其所作如《调寄导引》的诸首,都是《宋史·乐志》明载,曾"弦诸乐府"的。

周邦彦是两宋最伟大的乐府词家,他的作品为后来一切乐府词人的模式。南宋陈郁的《藏一话腴》称他:"二百年来以乐府独步。贵人,学士,市侩,妓女,皆知其词为可爱。"

邦彦字美成,号清真。钱塘人。《宋史·文苑传》称"美成疏隽少检,不为州里所重"。可见他少年时是很浪漫的。元丰初,以大学生进《汴都赋》,神宗召为大学正。其后浮沉州县三十余年。徽宗颁《大晟乐》,召邦彦人为秘书监,进徽猷阁待制,提举大晟府。徙处州卒。（一〇五六——一一二一）

邦彦精通音乐,故徽宗用他提举大晟府。《文苑传》也称他"好音乐,能自度曲。制乐府长短句,词韵清蔚"。他的作品,下字用韵,皆有严格的法度,所以后人尊奉他的作品为词律。

往下我们且举作者几首负盛名的词作例:

兰陵王（咏柳）

柳阴直，烟里丝丝弄碧。隋堤上，曾见几番，拂水飘绵送行色。登临望故国，谁识京华倦客？长亭路，年去岁来，应折柔条过千尺。　　闲寻旧踪迹。又酒趁哀弦，灯照离席。梨花榆火催寒食。愁一箭风快，半篙波暖，回头迢递便数驿。望人在天北。　　凄恻，恨堆积。渐别浦萦回，津堠岑寂。斜阳冉冉春无极。念月榭携手，露桥闻笛。沉想前事，似梦里，泪暗滴。

六丑（落花）

正单衣试酒，怅客里光阴虚掷。愿春暂留，春归如过翼，一去无迹。为问家何在？夜来风雨，葬楚宫倾国。钗钿堕处遗香泽。乱点桃蹊，轻翻柳陌，多情更谁追惜？但蜂媒蝶使，时叩窗槅。　　东园岑寂，渐蒙笼暗碧。静绕珍丛底，成叹息！长条故惹行客，似牵衣待话，别情无极。残英小，强簪巾帻，终不似一朵钗头颤袅，向人欹侧。漂流处，莫趁潮汐。恐断红尚有相思字，何由见得？

瑞龙吟

章台路，还见褪粉梅梢，试花桃树。愔愔坊陌人家，定巢燕子，归来旧处。　　黯凝伫，因念个人痴小，乍窥门户。侵晨浅约宫黄，障风映袖，盈盈笑语。　　前度刘郎重到，访邻寻里，同时歌舞，惟有旧家秋娘，声价如故。吟笺赋笔，犹记燕台句。知谁伴名园露饮，东城闲步，事与孤鸿去。探春尽是伤离意绪，官柳低金缕。归骑晚，纤纤池塘飞雨，断肠院落，一帘风絮。

邦彦的长调是极负盛名的,那些赞美邦彦的人,都是极力在赞美他的这些长调。他们又喜欢拿邦彦来比拟柳永,至有"周情柳思"之称。其实邦彦的词,喜欢使事,喜欢堆砌,远不如柳永的描写善于铺叙,富有情调。只是在"懂得音乐,喜欢狎妓,爱写儿女之情"的几点上,这两位作者是相同的。

依我看来,作者的长调,实不如他的小词较能代表他的艺术。例如:

伤情怨
枝头风信渐小,看暮鸦飞了。又是黄昏,闭门收返照。　江南人去路渺,信未通,愁已先到。怕见孤灯,霜寒催睡早。

玉楼春
玉奁收起新妆了,鬓畔斜枝红袅。浅颦轻笑百般宜,试着春衫犹更好。　裁金簇翠天机巧,不称野人簪破帽。满头聊插片时狂,顿减十年尘土貌。

又
桃溪不作从容住,秋藕绝来无续处。当时相候赤栏桥,今日独寻黄叶路。　烟中列岫青无数,雁背夕阳红欲暮。人如风后入江云,情似雨余黏地絮。

红窗迥
几日来真个醉,不知道窗外乱红已深半指,花影被风摇碎。拥春酲乍起。　有个人人生得济楚,来向耳边问道"今朝醒未"?情性儿慢腾腾地,恼得人又醉。

一落索

　　眉共春山争秀,可怜长皱。莫将清泪湿花枝,恐花也如人瘦。　　情润玉箫闲久,知音稀有。欲知日日倚栏愁,但问取亭前柳。

虞美人

　　疏篱曲径田家小,云树开清晓。天寒山色有无中,野外一声钟起送孤蓬。　　添衣策马寻亭堠,愁抱惟宜酒。菰蒲睡鸭占陂塘,纵被行人惊散又成双。

邦彦的词,有的很雅,有的近俗,大约贵人学士最欢迎他的雅词,市侩妓女则爱他的俗词。

称道邦彦词的真是多。由他们的批评,简直把这位作家抬作天字第一号的词人了:周济《论词杂著》:"美成思力,独绝千古。如颜平原书,虽未臻两晋,而唐初之法,至此大备。后有作者,莫能出其范围矣。"周济又说:"钩勒之妙,无如清真。他人一钩勒便薄,清真愈钩勒愈浑厚。"强焕序《片玉词》说:"美成词抚写物态,曲尽其妙。"陈质斋说:"美成词多用唐人诗语,隐括入律,混然天成。长调尤善铺叙,富艳精工。词人之甲乙也。"张炎说:"美成词浑厚和雅,善于融化诗句。"贺黄公说:"周清真词有柳欹花嚲之致,沁人肌骨,视淮海不徒娣姒而已。"彭羡门说:"美成词如十三女子,玉艳珠鲜,未可以其软媚而少之。"

邦彦词本是值得我们赞美的,但这些批评,却不免过于夸张。如说邦彦喜欢用唐人诗语,实是他作词的大毛病,故刘克庄说:"美成颇偷古句。"又如说邦彦的词高出秦观,也是错误,近人王国维说："词之雅郑，在神不在貌。少游虽作艳语，终有品格。方之美成便有淑女与娼妓之别。"（《人间词话》）平心而论，邦彦词虽有不少缺点，然才力浑厚，"言情体物，穷极工巧"，终不失为一流作家。若以乐府词方面说，邦彦尤有伟大的造诣。

李清照是乐府词人中最伟大的一个，她能以严格的规律，写成很自然的白话词，其成绩更在周邦彦之上。

清照自号易安居士，济南人。生于神宗元丰七年（一〇八四）。她于文艺，具有慧根，小时候已自不凡了。二十一岁，与大学生赵明诚结婚。这要算是清照一生最美满的时代。由她的词"笑语檀郎，今夜纱橱枕簟凉""怕郎猜道，奴面不如花面好；云鬓斜簪，徒要教郎比并看"，可以看出那时她俩夫妇是在享受最甜蜜的新婚生活。

青春的年华是格外容易消逝的，不知不觉的便把我们女词人的少年送掉了。她四十七岁的那年，她夫妇跟着北宋之亡而南渡。不幸赵明诚即死于那年。

忧患余生的李清照，从此便悲凉以终其残生了。

李清照的《漱玉词》，有人说是婉约派之宗（王士禛语），这是一点也不错的。清照自己是个够温柔的女性，她写出来的自然不是英雄的词，而是儿女的词；不是粗豪的词，而是婉约的词。

清照的词有两个不同的时期。她少年时的词是在北方做的，多半抒写闺中闲情清愁之作；她晚年之词是在南方做的，多半是愁苦的哀吟。前后两个时期的词的情调是完全两个样子的。

我们且举她几首少年时的词作例：

如梦令

常记溪亭日暮，沉醉不知归路。兴尽晚回舟，误入藕花深处。争渡，争渡，惊起一滩鸥鹭。

又

昨夜雨疏风骤，浓睡不消残酒。试问卷帘人，却道海棠依旧。知否？知否？应是绿肥红瘦。

一剪梅

红藕香残玉簟秋，轻解罗裳，独上兰舟。云中谁寄锦书来？雁字回时，月满西楼。　花自飘零水自流，一种相思，两处闲愁。此情无计可消除，才下眉头，又上心头。

醉花阴（九日）

薄雾浓云愁永昼，瑞脑消金兽。佳节又重阳，玉枕纱厨，半夜凉初透。　东篱把酒黄昏后，有暗香盈袖。莫道不消魂，帘卷西风，人比黄花瘦。

清照的词在当时便很有名了的。相传她的丈夫赵明诚也能词，却不甘居清照之下，想胜过她。他把自己苦吟出来的几十首词，插以清照的《重阳醉花阴》词，去给友人陆德夫看，陆德夫玩诵再三，最后指出绝妙的三句："莫道不消魂，帘卷西风，人比黄花瘦"，正是李清照之作。

清照不仅工小词，她的长词也是写得很好的：

凤凰台上忆吹箫

香冷金猊，被翻红浪，起来慵自梳头。任宝奁尘满，日上帘钩。生怕离怀别苦,多少事,欲说还休。新来瘦,非关病酒,不是悲秋。　休休!这回去也,千万遍阳关,也则难留。念武陵人远,烟锁秦楼。惟有楼前流水,应念我终日凝眸。凝眸处,从今又添一段新愁。

声声慢

寻寻觅觅,冷冷清清,凄凄惨惨戚戚。乍暖还寒时候,最难将息。三杯两盏淡酒,怎敌他晚来风急?雁过也,正伤心,却是旧时相识。　满地黄花堆积,憔悴损,而今有谁堪摘?守着窗儿,独自怎生得黑?梧桐更兼细雨,到黄昏点点滴滴。这次第,怎一个愁字了得?

李清照最会写愁情,最会写相思之情,她不但运用辞句很巧妙,而且最长于创造新辞。如"宠柳娇花""绿肥红瘦""清露晨流,新桐初引",这些句子都是清新奇丽之甚。其《壶中天慢》词云:

萧条庭院,又斜风细雨,重门须闭。宠柳娇花寒食近,种种恼人天气。险韵诗成,扶头酒醒,别是闲滋味。征鸿过尽,万千心事难寄。　楼上几日春寒,帘垂四面,玉阑干慵倚。被冷香消新梦觉,不许愁人不起。清露晨流,新桐初引,多少游春意。日高烟敛,更看今日晴未?

这首词的意境不能不说是平凡的,然而字句却都是极新鲜的。李清照描写的本领,却是能够把那些用惯了用旧了的浅而且俗的文字,缀成一些极清新鲜丽的词句,这是作者运用文字有特别技巧的地方。

往下，我们再看清照晚年的词：

如梦令
谁伴明窗独坐？我共影儿两个。灯尽欲眠时，影也把人抛躲。无那，无那，好个凄凉的我！

武陵春
风住尘香花已尽，日晚倦梳头。物是人非事事休，欲语泪先流。　闻说双溪春尚好，也拟泛轻舟。只恐双溪舴艋舟，载不动许多愁！

浪淘沙
帘外五更风，吹梦无踪。画楼重上与谁同？记得玉钗斜拨火，宝篆成空。　回首紫金峰，雨润烟浓。一江春浪醉醒中。留得罗襟前日泪，弹与征鸿！

我们如明白李清照晚境凄凉的生活，便知道这些词完全是写实的作品。清照的生平，可以说和李后主完全是一样，前半期是喜剧，后半期是悲剧。两人的词也有很多的共同点：李后主不喜欢用典，喜欢用自己造的词句来描写；李清照也不喜欢用典，喜欢用自己造的词句来描写。李后主的词多是用通俗的字句，来表现极深挚的情感；李清照的词也多是用通俗的字句表现极深挚的情感。词家之有二李，真可以说是词史上的双圣哩。

北宋末年的乐府词人，除周邦彦，李清照而外，尚有晁端礼，康与之等，然其作品则尽不逮了。

[第四章]
宋词(下)

词至南宋，更加紧地繁衍起来。

就词集之流传至今者加以计算：毛晋辑《宋六十一家名词》，北宋只有二十三家，南宋却得三十八家。王鹏运《四印斋汇刻词》于毛刻三十八家之外，又得南宋词三十二家。朱祖谋《疆村丛书》又于王刻之外，复得七十一家。丢开别的刻本不算，单就这三家所刻，南宋词人作集，已有一百四十一家。这还是指遗留下来的专集而言。至于选集，有黄昇的《中兴以来绝妙词选》，始于康与之，终于洪瑹，共八十九家；周密的《绝妙好词选》，始于张孝祥，终于仇远，共一百三十二家，这都是南宋有名的词家，所谓文人的词。至于那优伶歌妓，贩夫走卒的词，还不计算呢。故单就词量数的发达方面讲，北宋比南宋又"瞠乎其后"了。

南宋词何以这样特殊地发达起来呢？

南宋词之有"特殊"的发展，其最大的原因，不能不归功于宋徽宗倡导词学之力。我们知道北宋那些帝王，都是极力提倡礼法道德，厌恶浮华的。柳永的词被黜于仁宗，就是一个最好的例。徽宗自己是一个富有才华，爱好文学的皇帝，他不但会作词，喜欢作词；而且引用词人，召周邦彦为大晟乐正。有了这一个强有力的词的提倡者，把文学的趋向，完全转移到词坛里来了。向来不做词人也做起词来了。后来北宋陷于金，这些词人都跑到南方来了。于以造成南渡词坛的发达。

一　南渡词坛

南宋词最发达的时期，当推南渡时期。

当着北宋词人还没有南渡的时候，那时中原无事，社会升平，他们的生活都是沉醉在笙歌艳舞的繁华里面，他们的作品也都是些"靡靡之音"。不料绮华的好梦是这般容易消逝的，金人鼙鼓动地来，把宋室臣民，赶得仓皇南渡。这时老皇帝被难了，新皇帝只偏□江南，眼望着中原之地，被蹂躏于异族。有血性的人，看了都要难过，都要感慨生哀的。因此，他们的作品都带着一种悲壮感慨的调子。这可以说是南渡词人的词的特征。（自然也有例外的）往下我们且依次来诠叙南渡词人的作品吧。

陈与义是宋代大诗人之一。字去非，其先居京兆，后迁洛阳，（或谓其先蜀人）自称洛阳陈某，号简斋。他天资卓伟，儿时已能作文，得着很好的文誉。登政和三年上舍甲科，授开德府教授，寻迁大学士，擢符宝郎。南渡后，避乱襄汉，转湖湘，逾岭峤。高宗召为兵部侍郎。后累升擢。绍兴七年，参知政事。（一〇九〇——一一三九）卒时才四十九岁。著有《简斋集》。《宋史》称其"尤长于诗。体物寓兴，清邃纡余，高举横厉，上下陶谢韦柳之间"。其词亦负盛名，所作《无住词》一卷虽只十八首小词，却首首可传。最负盛名的是一首《虞美人》和一首《临江仙》词：

虞美人（太光祖席醉中赋）

张帆欲去仍搔首，更醉君家酒。吟诗日日待春风，及至桃花开后却匆匆。　　歌声频为行人咽，记着尊前雪。明朝酒醒大江流，满载一船离恨向衡州！

临江仙（夜登小阁忆洛中旧游）

忆昔午桥桥上饮，坐中多是豪英。长沟流月去无声，杏花疏影里，吹笛到天明。　　二十余年如一梦，此身虽在堪惊！闲登小阁看新晴。古今多少事，渔唱起三更。

此词乃与义南渡后所作，那时少年意气，感慨自多。如《定风波》（重阳）：

九日登高有故常，随晴随雨一传觞。多病题诗无好句，孤负黄花今日十分黄。　　记得眉山文翰老，曾道四时佳节是重阳。江海满前怀古意，谁会阑干三抚独凄凉！

黄昇《花庵词选》称与义的词"可摩坡仙苏轼之垒"。胡仔《苕溪渔隐丛话》亦称其词"清婉奇丽"。方回《瀛奎律髓》说："以词论，则师道为勉强学步，庭坚为利钝互陈，皆迥非与义之敌矣。"纪昀《四库全书提要》亦称与义的《无住词》为："吐言天拔，不作柳弹莺娇之态，亦无蔬笋之气。殆于首首可传。"

叶梦得是一个富有经济才的人。字少蕴，苏州吴县人。他幼年嗜学，喜谈论，登绍圣四年进士第，调丹阳尉。徽宗时，以蔡京荐，累迁翰林学士,擢升龙图阁直学士。南渡后,迁翰林学士兼侍读,除户部尚书。晚年请老,提举临安府洞霄宫。以崇信军节度使致仕。卒于湖州,赠检校少保。(一〇七七——一一四八)

梦得自号石林居士,著有《石林诗话》,颇不满意于苏黄一派的诗。但他的词却很有苏轼那一派豪放的风味:

满庭芳

枫落吴江,扁舟摇荡,暮山斜照催晴。此心长在,秋水共澄明。底事经年易判?惊遗恨,悄悄难平。临风处,佳人万里,霜笛与谁横? 长城谁敢犯?知君五字,元有诗声。笑茅舍何时归此真成?丝鬓朱颜老尽,柴居在,行即终行。聊相待,狂唱醉舞,虽老未忘情。

水调歌头

霜降碧天静,秋事促西风。寒声隐地初听,中夜入梧桐。起瞰高城四顾,寥落关河千里,一醉与君同。叠鼓闹清晓,飞骑引雕弓。 岁将晚,客争笑,问衰翁:平生豪气安在?走马为谁雄?何似当筵虎士,挥手弦声响处,双雁落遥空。老矣真堪惜,回首望云中。

关注序叶梦得《石林词》说:"其词婉丽,卓有温李之风。晚岁落其华而实之,能于简淡时出雄杰,合处不减靖节东坡之妙。"毛晋也说:"《石林词》卓有林下风,不作柔语殢人,真词家逸品也。"

他的小词也有写得很好的:

蝶恋花

薄雪消时春已半，踏遍苍苔，手挽花枝看。一缕游丝牵不断，多情更觉蜂儿乱。　　尽日平波回远岸，倒影浮光，却记冰初泮。酒力无多吹易散，余寒向晚风惊慢。

菩萨蛮（湖光亭晚景）

平波不尽蒹葭远，清霜半落沙痕浅。烟树晚微茫，孤鸿下夕阳。　　梅花消息近，试向南枝问。记得水边春，江南别后人。

叶梦得词有"格"而乏"韵"，不能不说是一个很大的缺点，拿他来比陶潜，实在是不伦不类，但在南渡的词人中，总要算一个很有气魄的词人。

范成大字致能，吴郡人。生于北宋钦宗靖康元年（一一二六），卒于南宋光宗绍熙四年（一一九三）。绍兴中进士。累官权吏部尚书，参知政事。寻帅金陵，以病请闲。进资政殿学士，领洞霄宫，加大学士。死时年六十八。（一一二六——一一九三）

他是南宋大诗人之一，是写田园山水的圣手，他的词，特别是小词，很长于描绘自然。

鹧鸪天

嫩绿重重看得成，曲阑幽槛小红英。酴醾架上蜂儿闹，杨柳行间燕子轻。　　春婉娩，客飘零，残花残酒片时清。一杯且买明朝事，送了斜阳月又生。

醉落魂

栖鸟飞绝,绛河绿雾星明灭。烧香曳簟眠清樾,花影吹笙,满地淡黄月。　好风醉竹声如雪,昭华三弄临风咽,鬖丝撩乱纶巾折。凉满北窗,休共软红说!

秦楼月

窗纱薄,日穿红幔催梳掠。催梳掠,新晴天气,画檐闻鹊。　海棠逗晓都开却,小云先开栏干角。阑干角,杨花满地,夜来风恶。

范成大的词很有飘逸高妙的境界,如其诗,亦如其人。因为作者在政治上生活最适意,生平没有甚么失意的悲剧,他的心灵永远是闲适的,所以他的词写出来也永远是这样有幽逸之趣。

向子諲字伯恭,临江人。以恩补官。南渡初,历徽猷阁直学士,罢知平江府。金使议和将入境,子諲不肯拜金诏,忤秦桧意,乃致仕,卜居于清江五柳坊杨遵道之别墅,号所居曰芗林,自称芗林居士。(一〇八五——一一五二)

子諲的词有两个不同的时期,前期是在江北的旧词,后期是在江南的新词。当北宋的末年,中原虽已危机四伏,但表面上仍是太平景象。恰好徽宗又是一位享乐主义的皇帝,笙歌艳舞,一味追逐繁华。那时向子諲少年显贵,不知凄凉感慨为何物,所以他的作品都是一些曼艳的小词:

浣溪沙

曾是襄王梦里仙,娇痴恰恰破瓜年,芳心已解品朱弦。　浅浅笑时双靥媚，盈盈立处绿云偏，称人心事尽人怜。

相见欢

亭亭秋水芙蓉，翠围中，又是一年风露笑相逢。天机畔，云锦乱，思无穷。路隔银河，犹解嫁西风。

梅花引（戏代李师明作）

花如颊，梅如叶，小时笑弄阶前月。最盈盈，最惺惺，闲愁未识，无计定深情。　十年空省春风面，花落花开不相见。要相逢，得相逢，须信灵犀，中自有心通。

这时的向子谭完全是沉靡在绮华的好梦里面。及南渡后，一方面国破家亡之惨，很悲哀的刺激他的心灵；同时，他又指挥战场，身经苦战，在金人围困的城里死守很久，在乱军中逃出来几乎被杀。这许多痛苦生活，把他训练成一个慷慨豪放的人生；所以他南渡以后的词，也变成慷慨豪放的风调。胡寅序《酒边词》，至以子谭列之于苏轼一派。

向镐是南渡词人之一，他的生平事迹无可考。朱彝尊《词综》记他："字丰之，河内人，有《乐斋词》二卷。"今其《乐斋词》已大部分散佚了。从残余下来的向镐词中，我们能够看出他的作品的艺术，是有高贵的价值的：

如梦令

梦断绿窗莺语，消遣客愁无处。小槛俯青郊，恨满楚江南路。归去，归去，花落一川烟雨。

又

楼上千峰翠巘嵯，楼下一湾清浅。宝篆酒醒时，枕上月华如练。留恋，留恋，明日水村烟岸。

又

野店几杯空酒，醉里两眉长皱。已自不成眠，那更酒醒时候！知否？知否？直是为他消瘦。

向镐在当代既不是文人学士之列，又没有做过大官，故其名不显。但他的词的好处，却是无法否认的。虽散佚甚多，终不至于失传。不用夸张的话来形容，"直致近俗"四个字，便是向镐词最好的批评。兹再举他的一首词作例：

朝中措

平生此地几经过，家近奈情何？长记月斜风劲，小舟犹渡烟波。　而今老大，欢消意减，只有愁多。不似旧时心性，夜长听彻渔歌。

周紫芝字少隐，宣城人。举进士，历任枢秘院编修，右司员外郎，知兴国军。他曾经从张耒，李之仪学诗，他的词学晏几道。（紫芝自云："予少时酷喜小晏词。"）纪昀《四库全书提要》谓："紫芝填词，本从晏几道入，晚乃刊除秾丽，自为一格。"其词如：

清平乐

烟鬟敛翠，柳下门初闭。门外一川风细细，沙上暝禽飞起。　今宵水畔楼边，风光宛似当年。月到旧时明处，共谁同倚栏干？

又

青春欲暮，柳下将飞絮。月到阶前梅子树，啼得杜鹃飞去。　人归不掩朱门，一成过了黄昏。只有琐窗红蜡，照人犹自消魂。

秦楼月

东风歇，香尘满院花如雪。花如雪，看看又是黄昏时节。

无言独自添香鸭，相思情绪无人说。无人说，照人只有西楼斜月。

生查子

春寒入翠帷，月淡云来去。院落半晴天，风撼梨花树。人醉掩金铺，闲倚秋千柱。满眼是相思，无说相思处。

周紫芝的词终究不曾脱掉小晏词的风调，尤其是他写的几首《鹧鸪天》词，几乎令人疑是《小山集》里面的作品：

鹧鸪天

花褪残红绿满枝，嫩寒犹透薄罗衣。池塘雨细双鸳睡，杨柳风轻小燕飞。　人别后，酒醒时，午窗残梦子规啼。尊前心事谁人问，花底闲愁春又归！

又

一点残红欲尽时，乍凉秋气满屏帏。梧桐叶上三更雨，叶叶声声是别离。　调宝瑟，拨金猊，那时同唱《鹧鸪词》。如今风雨西楼夜，不听清歌也泪垂！

孙竞序《竹坡词》，称其"清丽婉曲"。他的诗在南宋也有名。

陈克字子高，临海人。绍兴中为敕令所删定官。自号赤城居士，侨居金陵。他遗留下来的一卷《赤城词》，虽然篇幅不多，每一首都是值得我们玩味的。作者本来是一个诗人，李庚称他的诗很有"情致"，但远不如他的词之工。我们随便举他的几首词作例：

好事近（石亭探梅）
寻遍石亭春，点点暮山明灭。竹外小溪深处，倚一枝寒月。　淡云疏雨若无情，得折便须折。醉帽风鬟归去，有余香愁绝。

谒金门
春寂寂，绿暗溪南溪北。溪水沉沉天一色，鸟飞春树黑。　肠断小楼吹笛，醉里看朱成碧。愁满眼前遮不得，可怜双鬓白！

菩萨蛮
绿芜墙绕青苔院，中庭日淡芭蕉卷。蝴蝶上阶飞，风帘自在垂。　玉钩双语燕，宝甃杨花转。几处簸钱声，绿窗春梦轻。

临江仙
枕帐依依残梦，斋房忽忽余醒。薄衣团扇绕阶行。曲阑幽树，看得绿阴成。　檐雨为谁凝咽？林花似我飘零。微吟休作断肠声。流莺百啭，解道此时情。

陈克是一个多情善感的词人，眼前的一切都足以引起他的悲哀。如："余香""吹笛""麝冷""灯昏""檐雨""林花"，都是他哀吟的资料。他的词表现想像力是很强的。

他不仅愁词写得好，艳词也写得好：

浣溪沙
　　淡墨花枝掩薄罗，嫩蓝裙子卒湘波，水晶新样碾风荷。　　问着似羞还似恶，恼来成笑不成歌，芙蓉帐里奈君何。

谒金门
　　春漏促，谁见两人心曲。罨画屏风银蜡烛，泪珠红簌簌。　　懊恼欢娱不足，只许梦中相逐。今夜月明何处宿，画桥春水绿。

周济《论词杂著》对于陈克有很夸张的批评："子高不甚有重名，然格韵绝高，昔人谓晏周之流亚。晏氏父子，俱非其敌。以方美成，则又拟于不伦。其温韦高弟乎？"

陈克实在是南宋一个可贵的词家，但说晏殊晏几道的词都比不上他，则未免奖饰过分了些吧。

吕渭老，一作滨老，字圣求，嘉兴人。他南渡后的诗，感慨极深，如"爱国忧身到白头，此生风雨一沙鸥"；又"尚喜山河归帝子，可怜麋鹿入王宫"。可是，他的词却失掉这种感慨了。在他的《圣求词》里面有时还可以发现极曼艳的词，例如："裙长步渐迟，扇薄羞难掩。袿褪倚郎肩，问路眉先敛。踏青南陌回，倚醉开娇靥。今夜更同行，忍笑匀妆脸。"（《生查子》）不过这种词不能代表吕渭老完全的作风。杨慎《词品》称其"《望海潮》《醉蓬莱》《扑蝴蝶近》《惜分钗》《薄幸》《选冠子》《百宜娇》等阕,佳处不减少游;《东风第一枝》(《咏梅》)不减东坡之《绿毛幺凤》"。《惜分钗》乃作者自制新谱,其词最足以代表吕渭老:

春将半,莺声乱,柳丝拂马花迎面。小堂风,暮楼钟,草色连云,暝色连空,重重! 秋千畔,何人见?宝钗斜照春妆浅。酒霞红,与谁同?试问别来,近日情惊:怵怵!

赵师秀称渭老词:"婉媚深窈,视美成耆卿,伯仲耳。"我们且不必拿渭老去比美成耆卿,或是比秦少游苏东坡,那是无多意义的比较;总之渭老的词的情致是很深的。他又喜欢用白话来写词,而且写得好:

蝶恋花
花枝撩人红入眼,可是东君要人肠寸断?欲诉深情春不管,风枝雨叶空撩乱。 谩插一枝飞一盏,小赏幽期,破我平生愿。珍约未成春又短,但凭蝴蝶传深怨。

小重山
雨洗檐花湿画帘,知他因甚地,瘦厌厌?玉人风味似冰蟾,愁不见,烟雾晓来添。 烦恼旧时谙,新来一段事,未心甘。满怀离绪过春蚕。灯残也,谁见我眉尖!

一落索
蝉带残声柳别树,晚凉房户。秋风有意染黄花,下几点凄凉雨。　　渺渺双鸿飞去,乱云深处。一山红叶为谁愁?供不尽相思句。

吕渭老的小词长词都写得很好。

蔡伸字伸道,莆田人。宣和中,官彭城倅,历左中大夫。他曾与向子䛩同官彭城,所以唱酬之作不少。纪昀《四库全书提要》称:"伸词固逊子䛩,而才致笔力,亦略相伯仲。"其实,以我们的眼光看来,蔡伸词的缺点只是格调不高,他的才华较子䛩还怕要差胜一筹。词例:

卜算子
前度月圆时,月下相携手。今夜天边月又圆,夜色如清昼。　　风月浑依旧,水馆空回首。明夜归来试问伊:曾解相思否?

西地锦
寂寞悲秋怀抱,掩重门悄悄。清风皓月,朱阑画阁,双鸳池沼。　　不忍今宵重到,惹离愁多少?蓬山路杳,蓝桥信阻,黄花空老。

长相思
我心坚,你心坚,各自心坚石也穿,谁言相见难?小窗前,月婵娟,玉困花柔并枕眠,今宵人月圆。

相见欢
楼前流水悠悠,驻行舟,满目寒云衰草使人愁!多少恨?多少泪?谩迟留。何似蓦然拚舍去来休。

昭君怨

一曲云和松响，多少离愁心上？寂寞掩屏帷，泪沾衣！最是销魂处，夜夜绮窗风雨。风雨伴愁眠，夜如年！

苍梧谣

天！休使圆蟾照客眠。人何在？桂影自婵娟。

这些词都写得很好。大概作者受欧阳修晏几道的词的影响很不少，不喜欢使事用典，而清新绰约，情致嫣然。实南渡词人中的健者。

赵长卿自号仙源居士，宋之宗室。他的词有《惜香乐府》十卷。毛晋称其："不栖志繁华，独安心风雅……虽未敢与南唐二主相伯仲，方之徽宗，则迥出云霄矣。"长卿的词自是南宋一大家，毛晋所称是不错的；但说比徽宗"迥出云霄"，乃是荒谬之论。其实，长卿正不必压倒徽宗，才占着词坛上名贵的地位。我们试读他的词：

画堂春（长新亭）

小亭烟柳水溶溶，野花白白红红。恼人池上晚来风，吹损春容。　又是清明天气，当年小院相逢。凭栏幽思几千重，残杏香中。

清平乐

紫箫声断，窗底春愁乱。试著春衫羞自看，窄似年时一半。　一春长病厌厌，新来愁病重添。香冷倦熏金鸭，日高不卷珠帘。

长相思

欲愁眉，恨依依，肠断关情怨别离，云中过雁悲。瘦因谁？病因谁？屈指无言忖后期，此时人怎知？

卜算子（亭上纳凉）

新月挂林梢，暗水鸣枯沼。时见疏星落画檐，几点流萤小。　归意了无多，故作连环绕。欲寄新诗问采菱，水阔烟波渺。

蝶恋花（登楼晚望闻歌声清婉而作）

闲上西楼供远望，一曲新声，巧媚，谁家唱？独倚危栏听半饷，长江快泻澄无浪。　清泪恰同春水涨，拭尽重流，触事如何向？不觉黄昏灯已上，旧愁还是新愁样。

临江仙

过尽征鸿来尽雁，故园消息茫然。一春憔悴有谁怜？怀家寒食夜，中酒落花天。　见说江头春浪渺，殷勤欲送归船。别来此处最萦牵，短蓬南浦雨，疏柳断桥烟。

长卿也是一位白话词人，他大约没有做过官，得以尽情去享受自己的生活，尽情去做词，所以写下来了十卷之多的《惜香乐府》，在南渡词人中要算是词成绩最多的一个。

张元幹字仲宗，别号芦川居士，长乐人。（一作三山人）绍兴中因胡铨上书乞斩秦桧被谪，元幹作《贺新郎》词送之，坐是除名。元幹在当时本是李纲主战那一派的人，秦桧当国后，他们满腔爱国伤时的忿气，无处发泄，恰好遇着胡铨为秦桧的事情被谪，他便写了一首长词送胡铨，把自己怀念故国，感慨山河，郁

抑不平之气,毫无顾忌地尽情抒写出来:

贺新郎(送胡邦衡待制赴衡州)

梦绕神州路,怅秋风,连营画角,故宫离黍。底事昆仑倾砥柱?九地黄流乱注,聚万落千村狐兔。天意从来高难问,况人情老易悲难诉。更南浦,送君去。凉生暗柳催残暑,耿斜河,疏星淡月,断云微度。万里江山知何处?回首对床夜语。雁不到,书成谁与?目尽青天怀今古。肯儿曹,恩怨相尔汝。举大白,听《金缕》。

这首词虽不是元幹最好的作品,而悲壮慷慨,最足以象征元幹的人格。至于代表作者在艺术方面成功的词,我们要另举几首作例:

菩萨蛮

拍堤绿涨桃花水,画船稳泛东风里。丝雨湿苔钱,浅寒生禁烟。　江山留不住,却载笙歌去。醉倚玉搔头,几曾知旅愁。

又

春来春去催人老,老夫争肯输年少。醉后少年狂,白髭殊未妨。　插花还起舞,管领风光处。把酒共留春,莫教花笑人。

如梦令

卧看西湖烟渚,绿盖红妆无数。帘卷曲栏风,拂面荷香吹雨。归去,归去,笑损花边鸥鹭。

踏莎行（别意）

芳草平沙，斜阳远树，无情桃李江头渡。醉来扶上木兰舟，将愁不去将人去。　　薄劣东风，夭斜飞絮，明朝重觅吹笙路。碧云香里小楼空，春光已到销魂处。

清平乐

明珠翠羽，小绾同心缕。好去吴淞江上路，寄与双鱼尺素。　　兰桡飞取归来，愁眉待得伊开。相见嫣然一笑，眼波先入郎怀。

毛晋评元幹词云："人称其长于悲愤，及读《花庵》《草堂》所选，又极斌秀之致，真堪与《片玉》《白石》，并垂不朽。"

张孝祥字安国，号于湖，原为蜀之简州人。徙居历阳乌江，亦称乌江人。生于南宋绍兴初年。少负才华。绍兴二十四年廷对第一，授承事郎，因忤秦桧，屡遭迁黜。及桧卒，始得隆遇。累官中书舍人直学士院，兼督府参赞军事，领建康留守。寻以荆南湖北路安抚使，进显谟殿直学士。孝宗初年卒。时方三十六岁，故孝宗有"用才不尽"之叹。其词在当代很负盛名，为朱敦儒所惊赏。《朝野遗记》称其在建康留守席上赋《六州歌头》一阕，感愤淋漓，主人为之罢席而入。其词云：

长淮望断，关塞莽然平。征尘暗，霜风劲，悄边声，黯销凝。追想当年事，殆天数，非人力。洙泗上，弦歌地，亦膻腥。隔水毡乡，落日牛羊下，区脱纵横。看名王宵猎，骑火一川明。笳鼓悲鸣遣人惊。　　念腰间箭，匣中剑，空埃蠹,竟何成?时易失,心徒壮,岁将零。渺神京。干羽方怀远,静烽燧,且休兵。冠盖使,纷驰骛,若为情。闻道中原遗老,常南望,翠葆霓旌。使行人到此,忠愤气填膺,有泪如倾!

作者是一位极力主张北伐的人,此词忠愤慷慨,适足以代表其人格与怀抱。魏了翁称孝祥声名著于湖湘,过洞庭赋《念奴娇》,在集中最为杰特。其词云:

洞庭青草,近中秋,更无一点风色。玉界琼田三万顷,著我扁舟一叶。素月分辉,明河共影,表里俱澄彻。悠然心会,妙处难与君说。　应念岭表经年,孤光自照,肝胆皆冰雪。短鬓萧疏襟袖冷,稳泛沧溟空阔。尽吸西江,细斟北斗,万象为宾客。叩舷独啸,今夕不知何夕?

孝祥的小词又是一种风味:

西江月(丹阳湖)

问讯湖边春色,重来又是三年。东风吹我过湖船,杨柳丝丝拂面。　世路于今已惯,此心到处悠然。寒光亭下水连天,飞起沙鸥一片。

眼儿媚

晓来江上荻花秋,做弄个离愁:半竿残日,两行珠泪,一叶扁舟。　须知此去应难遇,直待醉方休。如今眼底,明朝心上,后日眉头。

汤衡序孝祥的词说:"于湖平昔为词,未尝著稿,笔酣兴健,顷刻即成。"我们读过《于湖词》,也觉得淋漓奔放,一气呵成,是孝祥词的优点。其缺点则在过于疏忽文字上的技巧。

以上共选录词人十二家。此外尚有最重要的词人朱敦儒,辛弃疾,陆游,刘过等,则在下面另有较详细的叙述。至于不甚重要的作者,则放在《宋词人补志》一段去讲了。

二 南宋的白话词

南宋偏安已定后的词坛,显然形成两个不相同的词派,一派是专作白话词,一派是专作古典词。南宋的前期,是白话词发展的时期;南宋的后期,是古典词盛行的时期。

请先讲南宋的白话词。

这一派的词,是继承苏轼的作风而来的。其好处就是能够用活泼的文字,来表现作者的真性情。用词而不为词所使。使每一个词人的个性风格,都能在词里面活绘出来。这,一方面把词的应用的范围扩大了,一方面又把词的文学价值抬高了。

南宋的白话词人,最珍贵的要算朱敦儒,辛弃疾,陆游,刘过,刘克庄,朱淑贞诸人。

首先我们要介绍《樵歌》的作者朱敦儒。

敦儒字希真,河南洛阳人。他的生卒年都不可考(据胡适的考证，他大概生于神宗元丰初年，约当一〇八〇；死于孝宗淳熙初年，约当一一七五年），他少年时，志行很高，以布衣而负朝野的重望。靖康中，被召至京师，朝廷给他以学官的位置，他说："麋鹿之性，自乐闲旷，爵禄非所愿也。"辞还山。南渡后，高宗诏举草泽才德之士，又有人荐朱敦儒，说是"有文武才"，高宗召他，他又辞不就。避乱客南雄州。后来经过好几次的征召，他的老朋友也劝他去辅翼皇帝做"中兴"的事业，他才动心，才去应征。赐进士出身，为秘书省正字，又兼兵部郎官。迁两浙东路提点刑狱。后以"专立异论"的罪状，为谏议大夫汪勃所劾，遂遭罢免。绍兴十九年（一一四九）上疏乞归。秦桧当国的时候，喜用文人，复除敦儒为鸿胪少卿。桧死后，敦儒也被废了。评朱敦儒的人，往往讥其晚节不终。其实朱敦儒的个人，实在是名利心很淡的，从他的词处处都可以看得出来。

鹧鸪天

我是清都山水郎，天教懒慢带疏狂。曾批给露支风敕，累奏留云借月章。　诗万首，酒千觞，几曾着眼看侯王？玉楼金阙慵归去，且插梅花寄洛阳。

朝中措

先生筇杖是生涯，挑月更担花。把住都无憎爱，放行总是烟霞。　飘然归去，旗亭问酒，萧寺寻茶。恰似黄鹂无定，不知飞到谁家？

好事近

渔父长身来，只共钓竿相识。随意转船回棹，似飞空无迹。　芦花开落任浮生，长醉是良策。昨夜一江风雨,都不曾听得。

又

猛向这边来,得个信音端的。天与一轮钓线,领烟波千亿。　　红尘今古转船头,鸥鹭已陈迹。不受世间拘束,任东西南北。

好了,不再举例了,像这样的词在朱敦儒的《樵歌》里面真是不知多少,处处都表现作者的性格是浪漫的,是任性的,是无拘无束的。我们明白了作者是这一种闲散诗人的性格,然后才能够进而赏鉴他的词。

《樵歌》的好处,简言之,就是白话的好处。

在北宋的词人中,也有不少会写白话词的,如欧阳修苏轼们都常常写近乎白话的词,但总嫌文雅气太重。只有一个柳永是专门写白话词的。但他作词喜欢写长调,过于铺叙,人家都嫌他风调不高。在宋人中一方面能用纯粹的白话来写词,同时词的风调又高的,怕只有朱敦儒和辛弃疾两人吧。辛弃疾不免用典使事,有时还要掉掉书袋;朱敦儒则专写纯粹的白话词:

柳枝

江南岸,柳枝;江北岸,柳枝;折送行人无尽时,恨分离,柳枝。　　酒一杯,柳枝;泪双垂,柳枝;君到长安百事违,几时归?柳枝。

敦儒的长调,不很写得好,小词则多杰作。

如梦令

一夜秋风秋雨，客恨客愁无数。我是卧云人，悔到红尘深处。难住，难住，拂袖青衫归去。

相见欢

泷州几番清秋，许多愁！叹我等闲白了少年头！人间事，如何是？去来休！自是不归；归去有谁留？

好事近

摇首出红尘，醒醉更无时节。活计绿蓑青笠，惯披霜冲雪。　晚来风定钓丝闲，上下是新月。千里水天一色，看孤鸿明灭。

临江仙

生长西都逢化日，行歌不记流年。花间相过，酒家眠；乘风游二室，弄雪过三川。　莫笑衰颜双鬓改，自家风味依然。碧潭明月水中天。谁闲如老子，不肯作神仙。

朱敦儒一味是享受他那种潇洒玩世的生活，他的词自然也是那一套味儿。可是，我们的词人，不幸生在这个大变乱时代，有时，当他想到中原沦于异族，故乡不可复归的时候，也不免引起他无边的感慨来：

相见欢

金陵城上西楼，倚清秋，万里夕阳垂地大江流。中原乱，簪缨散，几时收？试倩悲风，吹泪过扬州。

桃源忆故人

西楼几日无人到，依旧红围绿绕。楼下落花谁扫？

不见长安道。　　碧云望断无音耗,倚遍栏干残照。试问泪弹多少? 湿遍楼前草!

采桑子(彭浪矶)

扁舟去作江南客,旅雁孤云,万里烟尘,回首中原泪满巾。　　碧山对晚汀洲冷,枫叶芦根,日落波平,愁损辞乡去国人。

这种性质的词在《樵歌》里面诚然是不多,但很可以代表作者一个时期的作风。

敦儒的词,曾经被许多词论家称赞的。黄昇《花庵词选》说:"希真京都名士,词章擅名,天资旷远,有神仙风致。"汪叔耕称《樵歌》:"多尘外之想,虽杂以微尘,而其清气自不可没。"近人胡适说:"词中之有《樵歌》,很像诗之有《击壤集》。(邵雍的诗集)但以文学的价值而论,朱敦儒远胜邵雍了。将他比陶潜,或更确切吧?"(《词选》)

现在我们要讲到南宋的白话大词家辛弃疾。

王国维在他的《人间词话》评辛弃疾说:"南宋词人,白石(姜夔)有格而无情,剑南(陆游)有气而乏韵,其堪与北宋人颉颃者,惟一幼安(辛弃疾)可耳。"王氏的批评,似乎还不能使我们十分满意,辛弃疾不但是南宋第一大词人,在全宋的词人中,也要算最伟大的作家,岂仅"与北宋人颉颃"而已。

辛弃疾字幼安,号稼轩,济南历城人。生于宋高宗绍兴十年(一一四〇),那时宋室已经南渡十余年,造成偏安之局了。弃疾是在金人统治之下生长的。小时与党怀英同学,人称"辛党"。

后来觉留事金，弃疾则归南。那正是他二十一岁的时候，适金主亮大败北返，被杀，耿京在山东起兵，自称天平节度使，节制山东河北诸军，用弃疾掌书记，从此我们这位少年英雄的事业便开始了。有一次，一个被弃疾招抚来归耿京的僧端义，一夕忽窃印而逃，耿京吓得惶恐无状，欲杀弃疾。弃疾立即限期追斩僧端义以复命。这件事获得耿京的最大信仰。后来弃疾劝耿京归附南宋，耿京便派他奉表归南，不幸这时耿京忽为其部下张安国所杀以降金，弃疾驰返海州，立即聚集旧部，夜袭金营，生擒张安国回来，戮之于市。这件事又受高宗的激赏，差他为江阴签判。从这时起他做了十几年安定的官，到四十岁的时候，他已经做到湖南安抚使了。那时正湖湘盗起，声势浩大，孝宗命他去讨抚。他依次剿杀了赖文政诸大盗。于时，弃疾便设计创设飞虎营，以屏障东南半壁。这件事经过了许多的反对，而且破坏，孝宗竟降了金字牌来阻止的诏令。弃疾乃不顾君命，以最敏捷的手段，在最短时期，召集步军二千人，马军五百人，成功他的飞虎营。军成，雄镇一方，为江上诸军之冠。后来，弃疾"绘图缴进"，孝宗也没有话说。

他在江西做安抚使的时候，恰遇江右大饥，他也用很简单的方法救济了多数的民众。朱熹称赞他"虽只粗法，便有方略"。

他和陈同甫与朱熹都很要好，同甫是常受他接济的。朱熹死的时候，"伪学禁方严，门生故旧至无送葬者。弃疾为文往哭之曰：'所不朽者，垂万世名。熟谓公死？凛凛犹生！'"（《宋史》四百零一卷《本传》）我们知道辛弃疾是充满了英雄思想的人，虽一级一级地升做高官，但他是不愿意老守着偏安的局面的，他和岳飞辈一样的抱着恢复中原直捣黄龙的宏愿，所以韩侂胄倡议伐金，他是最赞成的一个。不幸弃疾这时已经很老了，六十多岁的老头子了，再不能去冲锋陷阵了，只有抑郁无聊，只有感慨生哀，只有将心头沉痛苍凉之感，抒之于词。我们读他的《鹧鸪天》：

壮岁旌旗拥万夫，锦襜突骑渡江初。燕兵夜妮银胡䩮，汉箭朝飞金仆姑。　追往事，叹今吾！春风不染白髭须。却将万字平戎策，换得东家种树书。

哦！在这首词里面，包涵了这位老英雄多少青年回忆的哀感！可是，"春风不染白髭须"，老终归是老了。弃疾死时，正是韩侂胄的北伐军败后，主和的人杀了韩侂胄的头去向金人求和的那年（一二〇七），他身后的恩荣都被主张北伐的关系全被剥削了。直到宋末德祐初年，朝廷始允许谢枋得的请求，追赠少师，谥忠敏。

因为辛弃疾是一个英雄豪迈的个性，所以他的词也是豪放肆溢。梨庄说："稼轩当弱宋末造，负管乐之才，不能尽展其用，一腔忠愤，无处发泄，故其悲歌慷慨抑郁无聊之气，一寄之于词。"这是不错的，辛弃疾的词虽不必全部都是抒写忠愤之作，但其作品，很多是追怀往事，哀感今朝的悲歌，例如：

破阵子（为陈同甫赋壮词以寄之）
醉里挑灯看剑，梦回吹角连营。八百里分麾下炙，五十弦翻塞外声：沙场秋点兵。　马作的卢飞快，弓如霹雳弦惊。了却君王天下事，赢得生前身后名；可怜白发生！

永遇乐（京口北固亭怀古）
千古江山，英雄无觅孙仲谋处。舞榭歌台，风流总被雨打风吹去。斜阳草树,寻常巷陌,人道寄奴曾住。想当年,金戈铁马,气吞万里如虎。　元嘉草草,封狼居胥意,赢得仓皇北顾。四十三年,望中犹记灯火扬州路。可堪回首?佛狸祠下,一片神鸦社鼓。凭谁问:廉颇老矣,尚能饭否?

贺新郎(别茂嘉十二弟)

绿树听鹈鴂;更那堪,鹧鸪声住,杜鹃声切。啼到春归无啼处,苦恨芳菲都歇。算未抵,人间离别。马上琵琶关塞黑,更长门翠辇辞金阙。看燕燕,送归妾。将军百战身名裂,向河梁,回头万里,故人长绝。易水萧萧西风冷,满座衣冠似雪。正壮士悲歌未彻。啼鸟还知如许恨,料不啼清泪长啼血。谁与我,醉明月?

这里的词,那一首不是缅怀旧事?那一首不是感慨生哀?尤其是《永遇乐》的"元嘉草草",很明显的攻击南宋偏安之错误,很坦白的说出南宋君主的昏庸,没有以此贾祸,总算是万幸呢。其实,辛弃疾也未尝不知这种词要犯侮君之罪,但当他无限哀感,无以自遣其情的时候,便不知不觉地写下来了。

辛弃疾的长词,当怀古的时候,往往是激扬奋厉;当抒情的时候,又往往悱恻凄苦,充满了殉情主义的倾向:

摸鱼儿

更能消,几番风雨,匆匆春又归去。惜春长怕花开早,何况落红无数!春且住,见说道,天涯芳草无归路。怨春不语,算只有殷勤画檐蛛网,尽日惹飞絮。　长门事,准拟佳期又误。蛾眉曾有人妒;千金纵买相如赋,脉脉此情谁诉?君莫舞;君不见玉环飞燕皆尘土。闲愁最苦,休去倚危栏,斜阳正在烟柳断肠处。

祝英台近(晚春)

宝钗分,桃叶渡,烟柳暗南浦。怕上层楼,十日九风雨。断肠片片飞红,都无人管;更谁劝,啼莺声住?鬓边觑;试把花卜归期,才簪又重数。罗帐灯昏,哽咽梦中语:"是他春带愁来。春归何处?却不解带将愁去!"

沈谦说:"稼轩词以激扬奋厉为工,至'宝钗分,桃叶渡'一曲,昵狎温柔,魂销意尽,才人伎俩,真不可测!"

辛弃疾原是一个文人。他虽做了几件英雄事业,做了高官,但他没有功利观念,是一个视富贵如浮名,功名如尘土的文人,是一个爱自由,爱狂放,爱浪漫的文人。他最喜欢,无拘无束,游山游水,什么都不顾,什么都不管,做一个羲皇以上的人。他这种浪漫生活态度,在他的词里面到处表露出来:

贺新郎

甚矣吾衰矣!怅平生交游,只今余几?白发空余三千丈,一笑人间万事,问何物,能令公喜?我见青山多妩媚,料青山见我应如是。情与貌,略相似。 一尊搔首东窗里,想渊明《停云》诗就,此时风味。江左沉酣求名者,岂识浊醪妙理?回首叫,云飞风起。不恨古人吾不见,恨古人不见吾狂耳。知我者二三子。

沁园春

　　杯，汝前来！老子今朝，点检形骸：甚长年抱渴，咽如焦釜；于今喜眩，气似奔雷。汝说，刘伶，古今达者，醉后何妨死便埋？浑如许，叹你于知己，真少恩哉！更凭歌舞为媒，算合作人间鸩毒猜。况怨无大小，生于所爱；物无美恶，过则为灾。与汝成言：勿留！亟退！吾力犹能肆汝杯！杯再拜。道："麾之即去，有召须来。"

这样狂妄纵放的作品，不但在词里面稀有，在全部的中国文学里面这种作品也是不多。我们所赏鉴的，是这种作品能够表现作者一个活泼淋漓的个性出来。并且试用游戏的态度来写作品，打破了必以庄严的态度来创作文学的信念，让我们知道文学的领域实在很大，可以有好多趣味不同的描写，并不一定限于道德的范畴。弃疾的生活有那末繁复，他的词的描写也有那末繁复：他有英雄气壮的词，也有儿女情长的词；有血和泪的词，也有滑稽游戏的词；有壮烈的金戈铁马的词，也有悠淡的田园即景的词。特别是这种游戏滑稽的词，古人似多不曾那样去写过。辛弃疾在这方面有最大的成功，我们且看他的写法：

夜游宫（苦俗客）

　　几个相知可喜，才厮见，说山说水。颠倒烂熟只道是。怎奈何，一回说，一回美。　　有个尖新的，说底话，非名即利。说的口干罪过你！且不罪，俺略起，去洗耳。

寻茅草（嘲陈莘叟忆内）

　　有得许多泪，更闲却，许多鸳被。枕头儿，放处都不是，旧家时，怎生睡？　　更也没书来，那堪被，雁儿调戏。道无书，却有书中意：排几个，人人字。

恋绣衾

长夜偏冷，添被儿，枕头儿移了又移。我自是，笑别人的；却原来，当局者迷。　　如今只恨因缘浅，也不曾抵死恨伊。合手下安排了，那筵席须有散时。

丑奴儿

少年不识愁滋味，爱上层楼，爱上层楼，为赋新诗强说愁。　　而今识尽愁滋味，欲说还休；欲说还休，却道"天凉好个秋！"

又

近来愁似天来大，谁解相怜？谁解相怜？又把愁来作个天。　　都将古今无情事，放在愁边；放在愁边，却自移家向酒泉。

从表面看，这都是些富有滑稽趣味的小词；其实内里所抒写的都是真挚的情感。许多人都赞美辛弃疾的长调，但我们读了他的这般清新的小词以后，又觉得弃疾的绝妙之作，在小词而不在长调了。

辛弃疾的文艺，无形中受陶潜诗的影响自然不少。陶潜最工田园诗，辛弃疾也很擅长于写山水田园的词：

清平乐（博山道中即事）

茅檐低小，溪上青青草。醉里吴音相媚好，白发谁家翁媪？　　大儿锄豆溪东，中儿正织鸡笼。最喜小儿无赖,溪头看剥莲蓬。

西江月(夜行黄沙道中)

明月别枝惊鹊,清风半夜鸣蝉。稻花香里说丰年,听取蛙声一片。　七八个星天外,两三点雨山前。旧时茅店社林边,路转溪桥忽见。

辛弃疾这枝笔真是无施而不可的,我们看他怀古的时候,是何等悲凉;写愁情的时候,是何等凄苦;写滑稽的时候,又是何等的富有情趣;但在这里却又运转他那枝生花的妙笔,来描绘大自然界的一切风光景色了。"最喜小儿无赖,溪头看剥莲蓬",真是绝妙的田家即景;"稻花香里说丰年,听取蛙声一片",这十三个字写尽了一个夏天的太平景象;"路转溪桥忽见",又是一幅绝妙的诗的画图展开。词的描写到了辛弃疾,不能不说已尽艺术之能事了。

辛弃疾之所以有如此的艺术上的造诣,这固是由于他具有特殊的文艺天才;又有繁复激荡的生活背境,但同时我们又不可忽视辛弃疾对于古文艺的研求。他不但在人格上,作风上,受陶潜的熏染极深,同时也受了五代小词的影响,受了时代略早的白话词人朱敦儒的影响,还受了同乡女词人李清照的影响。不过辛弃疾虽然受这些先进作家的影响,却不是模拟他们。有时效某人之体,略仿其作风,还是用自己的词句,写自己的意思,所以辛弃疾的词,还是辛弃疾的词。

辛弃疾作词也不是粗率的,有时是一气呵成,有时也十分推敲。岳珂《桯史》云:"辛弃疾自诵其《贺新凉》《永遇乐》二词,使座客指摘其失。珂谓《贺新凉》词首尾二腔,语句相似;《永遇乐》词，用事太多，弃疾乃自改其语，日数十易，累月犹未竟。其刻意如此！"可见弃疾的词不是轻易产出来的。

陆游是南宋一位最伟大的诗人。字务观，越州山阴人。十二岁即能诗文。以荫补登仕郎，赐进士出身。范成大帅蜀，游为参议官。嘉泰初，诏同修国史，兼秘书监，升宝谟阁待制，致仕卒。（一一二五——一二一〇）。游为人颇浪漫不拘礼法，人讥其颓放，因自号放翁。他的词如其为人，例如《鹊桥仙》：

华灯纵博，雕鞍驰射，谁记当年豪举？酒徒一一取封侯，独去作江边渔父。　轻舟八尺，低篷三扇，占断蘋洲烟雨。镜湖原自属闲人，又何必官家赐与？
又
一竿风月，一蓑烟雨，家在钓台西住。卖鱼生怕近城门，况肯到红尘深处。　潮生理棹，潮平系缆，潮落浩歌归去。时人错把比严光，我自是无名渔父。

陆游的小词，很能够将他那种飘然的疏放生活，很生动的表现出来，似乎不是别的词家所能企及的。

长相思
桥如虹，水如空，一叶飘然烟雨中，天教称放翁。侧船篷，使江风，蟹舍参差渔市东，到时闻暮钟。
点绛唇
采药归来，独寻茅店沽新酿。暮烟千嶂，处处闻渔唱。醉弄扁舟，不怕黏天浪。江湖上，这回疏放，作个闲人样。

这样的疏狂，自然怪不得人家要讥笑他了。不过，我们如果认定陆游只是这么一个疏狂的独乐主义者，那就错了。

我们要知道陆游本来是一个有血性的男子。他生出来不久，徽钦二帝便被虏，中原之地全被金占领，宋高宗已经在南宋造成了偏安的局面了。他是看不惯这种偏安的局面的，他主张北伐，恢复中原。那时恰好韩侂胄当国，倡议伐金。陆游因为主张上的契合，很赞助他，并替他写了一篇《南园记》。这件事许多人讥笑陆游的晚节失修，其实，却不知道他是抱了恢复中原的宏愿去归附韩侂胄的。从陆游的晚年词里，还很清楚的可以看出作者心头的抱负出来：

夜游宫（记梦）

雪晓清笳乱起，梦游处不知何地。铁骑无声望似水。想关河，雁门西，青海际。　睡觉寒灯里，漏声断，月斜窗纸。自许封侯在万里。有谁知？鬓虽残，心未死！

诉衷情

当年万里觅封侯，匹马戍梁州。关河梦断何处，尘暗旧貂裘。　胡未灭，鬓先秋，泪空流。此生谁料，心在天山，身老沧州。

双头莲（呈范至能待制）

华发星星，惊壮志成虚，此身如寄。萧条病骥，向暗里消尽当年豪气。梦断故国山川，隔重重烟水，身万里。旧社凋零，青门俊游谁记？　尽道锦里繁华，叹官闲昼永，柴荆添睡，清愁自醉。念此际，付与何人心事？纵有楚柁吴樯，知何时东逝？空怅望鲙美菰香，秋风又起。

作者本是想做一番英雄事业的人，但没有机会去试用，只看着"酒徒——取封侯"，他便变了一个江湖间的闲散人，去过颓放的生涯了。但他的心头却仍然是热烈的。我们读他的这些词，悲歌感慨，令人击节。到了晚年，一切的梦都空了，回想少年时代的事总是异常的难堪：

鹊桥仙（夜闻杜鹃）
　　茅檐人静，蓬窗灯暗，春晚连江风雨。林莺巢燕总无声，但月夜常啼杜宇。　　催成清泪，惊残孤梦，又拣深枝飞去。故山犹自不堪听，况半世飘然羁旅。

这时我们放浪的诗人，也感觉飘泊生活的悲伤了。同时还有一件事，也永远使他不能抱住乐天主义的梦的，便是他少年时代有一段爱情上失意的创痕。事情是这样的：他初娶表妹唐氏为妻，爱情甚笃，但不喜于其姑，竟出之。陆游为了此事悒郁终身。到了晚年，还是"犹吊遗踪一怅然"，他好些词是抒写这方面的悲哀的：

钗头凤
　　红酥手，黄縢酒，满城春色宫墙柳。东风恶，欢情薄。一怀愁绪，几年离索。错错错！　　春如旧，人空瘦，泪痕红浥鲛绡透。桃花落，闲池阁，山盟虽在，锦书难托。莫莫莫！

上西楼

江头绿暗红稀,燕交飞。忽到当年行处,恨依依。

洒清泪,叹人事,与心违。满酌玉壶花露,送春归。

陆游的词具有壮美与优美的两种境界,故杨慎《词品》称其"纤丽处似淮海,雄快处似东坡";刘克庄《后村诗话》也称他:"其激昂感慨者,稼轩不能过;飘逸高妙者,与陈简斋朱希真相颉颃;流丽绵密者,欲出晏叔原贺方回之上。"这都是平允之论。

刘过字改之,号龙洲道人,襄阳人(或说是太和人,或说是新昌人)。他也是极力主张北伐的人,曾上书请光宗过宫,并致书宰相陈恢复方略。不用。乃放浪湖海,啸傲自适。宋子虚称他为天下奇男子。他没有做过什么大官,他的生年卒月都不可考。岳珂《桯史》称其"以诗鸣江西"。可惜他的诗不传,因此刘过在文学史上便成为一个纯粹的词人了。

他是一个辛派的词人。黄昇《花庵词选》说:"改之,稼轩之客,词多壮语,盖学稼轩者也。"刘过本是很崇拜辛弃疾的,至有"古岂无人,可以似吾稼轩者谁"之语。但我们要知道,辛刘都是所谓慷慨悲歌之士,他们以道义相结合;虽然时相酬唱,似不能便说刘过的词系学辛弃疾。不过,因为他们都是豪迈的性情,所以词的作风自然地有了共同的趋向。纪昀《四库全书提要》也说刘过词"虽跌宕淋漓,实未尝全作辛体"。他的词有一首寄辛弃疾的《沁园春》是最值得我们注意的:

斗酒彘肩,风雨渡江,岂不快哉!被香山居士,约林和靖与坡仙老驾勒吾回。坡谓西湖正如西子，浓抹淡妆临照台。二公者皆掉头不顾，只管传杯。白云"天竺去来，图画里，峥嵘楼阁开。爱纵横二涧，东西水绕；两峰南北，高下云堆"。遁曰不然。暗香浮动，不若孤山先访梅。须晴去访稼轩未晚，且此徘徊。

这首词岳珂讥其"白日见鬼"，本不算一首很好的词，但由此可以看出刘过作词的"自然放肆"的精神，不受丝毫拘束的精神。他那样淋漓奔放的才气，决不是模拟底下讨生活的，什么规律都不能缚住他。且举他一首《六州歌头》作例：

镇长淮，一都会，古扬州。升平日，朱帘十里，春风小红楼。谁知艰难去，边尘暗，胡马扰，笙歌散，衣冠渡，使人愁！屈指细思：血战何成事？万户封侯！但琼花无恙，开落几经秋。故垒荒丘似含羞！怅望金陵宅，丹阳郡，山不断绸缪。兴亡梦，荣枯泪，水东流，甚时休？野灶炊烟里，依然是宿貔貅。叹灯火，今萧索，尚淹留。莫上醉翁亭，看蒙蒙雨，杨柳丝柔。笑书生无用，富贵拙身，谋骑鹤来游。

这是一首感慨很深的长词。往下，且看他的小词：

唐多令（重过武昌）

芦叶满汀洲，寒沙带浅流。二十年重过南楼。柳下系船犹未稳，能几日，又中秋。　　黄鹤断矶头，故人曾到否？旧江山浑是新愁。欲买桂花同载酒，终不似，少年游。

长相思

燕高飞，燕低飞，正是黄梅青杏时，榴花开满枝。梦归期，数归期，想见画楼天四垂，有人攒黛眉。

天仙子（初赴省别妾于三十里头）

别酒醺醺浑易醉，回过头来三十里。马儿不住去如飞，牵一憩，坐一憩，断送煞人山与水。　是则是功名终可喜，不道恩情拚得未？云迷村店酒旗斜。去也是？住也是？烦恼自家烦恼你！

醉太平

情高意真，眉长鬓青。小楼明月调筝，写春风数声。思君忆君，魂牵梦萦。翠销香暖云屏，更那堪酒醒！

刘过的词也和辛弃疾一样，有悲壮和飘逸的两种境界，但均不能造其极，所以终究是第二流的词人。

刘克庄也是南宋一个有名的诗家。字潜夫，号后村，福建莆田人。克庄少时即负文名，以荫仕。因做梅花诗被劾免官，闲居了好些年数。故他的词有"老子平生无他过，为梅花受取风流罪"之句。

后来理宗很激赏他的文学，赐他同进士出身，除秘书少监，令与尤婧同任史事。此后知遇日隆，官至龙图阁直学士。他活了八十三岁才死，他的两只眼睛早瞎了。（一一八七——一二六九）

克庄也是一位志切恢复中原的英雄，他的词如："两河萧瑟惟狐兔,问当年祖生去后,有人来否?多少新亭挥泪客,谁梦中原块土。算事业须由人做!应笑书生心胆怯,向车中,闭置如新妇,空目送,塞鸿去。"(《贺新凉》后半阕)很可以看出刘克庄的壮志。

终于英雄事业没有如愿,我们的词人很快的老了,这时只有拿词诗来消磨他的晚年。我们读过他的《后村别调》,很知道此老也爱写曼艳的小词,闲情正不浅呢。

清平乐(赠陈参议师文侍儿)
宫腰束素,只怕能轻举。好筑避风台护取,莫遣惊鸿飞去。 一团香玉温柔,笑颦俱有风流。贪与萧郎眉语,不知舞错《伊州》。

卜算子(海棠为风雨所损)
片片蝶衣轻,点点猩红小。道是天公不惜花,百种千般巧。 朝见树头繁,暮见树头少。道是天公果惜花,雨洗风吹了。

长相思(寄远)
朝有时,暮有时,潮水犹知日两回,人生长别离!来有时,去有时,燕子犹知社后归,君行无定期!

又(赠品)
风萧萧,雨萧萧,相送津亭折柳条,春愁不自聊!烟迢迢,水迢迢,准拟江边驻画桡,舟人频报潮。

忆秦娥(暮春)
游人绝,绿阴满野芳菲歇。芳菲歇,养蚕天气,采茶时节。 枝头杜宇啼成血,陌头杨柳吹成雪。吹成雪,淡烟微雨，江南三月。

刘克庄的词和辛弃疾刘过一样有"掉书袋"的毛病——限于长词——同时，他的词也和辛刘一样把自己浪漫颓放的态度，很率真的表现出来：

一剪梅（余赴广东，实之夜饯于风亭）
束缊宵行十里强，挑得诗囊，抛了衣囊。天寒路滑马蹄僵，元是王郎，来送刘郎。　酒酣耳热说文章，惊倒邻墙，推倒胡床。旁观拍手笑疏狂。疏又何妨？狂又何妨？

又（袁州解印）
陌上行人怪府公，还是诗穷？还是文穷？下车上马太匆匆，来是春风，去是秋风。　阶衔免得带兵农，嬉到昏钟，睡到斋钟。不消提岳与知宫，唤作山翁，唤作溪翁。

长相思
劝一杯，复一杯，短锸相随死便埋，英雄安在哉？眉不开，怀不开，幸有江边旧钓台，拂衣归去来。

论者谓刘克庄词："直致近俗，乃效稼轩而不及者"（张炎《乐府指迷》语），此语殊属非是。刘克庄词的造诣，或许没有辛弃疾的伟大，但他的词自有他的生命，为南宋一大词家，不能说是辛弃疾的模拟者，虽然他的作风很有辛词的风味。

朱淑贞为宋代有名的女作家之一。她的身世不甚可考，有说是海宁人；有说是钱塘人，世居姚村。《历代词人姓氏》称其与魏夫人为词友（魏夫人乃北宋丞相曾布妻，况周颐《蕙风词话》因此推论她是北宋人），但据其《断肠集纪略》，则说淑贞是朱熹的侄女，这也似乎不确。（《四库全书提要》谓："朱子自为新安人，流寓闽中。考年谱世系，亦别无兄弟，著籍海宁。"）

她自号幽栖居士，嫁与市侩为妻，"匹偶非伦，弗遂素志"。著有《断肠集》十卷。诗甚佳，其词尤美：

生查子（元夕——此词亦见欧阳修集）
　　去年元夜时，花市灯如昼。月上柳梢头，人约黄昏后。今年元夜时，月与灯依旧。不见去年人，泪湿春衫袖。

清平乐
　　恼烟撩露，留我须臾去。携手藕花湖上路，一霎黄梅细雨。　娇痴不怕人猜，和衣睡倒人怀。最是分携时候，归来懒傍妆台。

这样曼艳的词，在《断肠集》里面应该说是例外。朱淑贞大部分的词都是悲凉凄苦的调子。

蝶恋花（送春）
　　楼外垂杨千万缕，欲系青春，少住春还去。犹自风前飘柳絮，随春且看归何处？　满目山川闻杜宇，便做无情，莫也愁人意。把酒送春春不语，黄昏却下潇潇雨。

眼儿媚（春怨）

迟迟风日弄轻柔，花径暗香流。清明过了，不堪回首，云锁朱楼。　午窗睡起莺声巧，何处唤春愁？绿杨影里，海棠亭畔，红杏梢头。

浣溪沙（春夜）

玉体金钗一样娇，背灯初解绣裙腰，衾寒枕冷夜香销。　深院重关春寂寂，落花和雨夜迢迢，恨情和梦更无聊！

谒金门

春已半，触目此情无限。十二阑干闲倚遍，愁来天不管。　好是风和日暖，输与莺莺燕燕。满院落花帘不卷，断肠芳草远。

宋代的女作家，除开了李清照，要算朱淑贞是第一个了。但朱熹说："本朝妇人能文者，唯魏夫人及李易安"，而不提及朱淑贞。大约朱淑贞在当代文名不甚著，所以连生世也难查考了。

三　南宋的乐府词

乐府词家吴文英说："音律欲其协，否则长短句耳；下字欲其雅，否则缠令体耳。"这几句话把乐府词的要点完全说出来了。乐府词有两个特征：其一，是能协乐叶律，听起来很好听，其二，是字面很美,看起来很好看。乐府词的好处在这里,坏处也在这里。

本来词有内外二义:在外的意义,是考究形式的美,注重音律与字面;在内的意义,是考究内容的充实,注重情感与意境。这二者是很难完全兼顾的。如果要绝对的表现情感与意境,就不能十分顾及音律与字面;如果要十分注重音律与字面,就不能不牺牲情感与意境。诗人的词,只求表现情感与意境的美,乐府家的词只求完成音律与字面的美。用文学的眼光看来,乐府词最大的缺点,就是没有内容,情感与意境都不能在乐府词里面充分地表现出来。

南宋注重内容的白话词,已经在前面叙述过;这里让我们来讲南宋的乐府词吧。南宋的乐府词是怎样起来?这倒是要追究的。谈到这个问题,不能不先讲讲这时南宋的局面。我们知道自从韩侂胄伏诛后,主张北伐的人,都贬的贬了,死的死了,再没有人敢倡恢复中原之议了。与金和议成后,南宋偏安之局于以大定。在这个偏安既定的局面之下,健忘的南宋人,把"不共戴天之仇"都忘却了,士大夫们又来据"洪炉而高歌"了,一般文人词客又拿词来作笙歌燕乐的工具了。词既然跟着笙歌燕乐跑,乐府词自然要发展起来。乐府词发展以后,我们只念着词调的铿锵,看着字句的华美;不仅南渡词人那种悲凉感慨的作风失掉了,就是写儿女之情也写不好了。可是,十三世纪的中国词坛(宋宁宗初年至南宋末年),却完全是这种乐府词的风气支配着。

姜夔是南宋乐府词的领导者。

夔字尧章,鄱阳人(或以为德兴人)。幼时,随他的父亲居古沔甚久。其后学诗于萧千岩,因寓吴兴。与白石洞为邻,自号白石道人，又号石帚。曾上书乞正《太常雅乐》。后因秦桧当国，即隐居箬坑之千山不仕。啸傲山水，往来湖湘淮左，与范石湖杨万里等人相为吟咏酬唱。他的诗做得很好，杨万里称为诗坛的先锋。他又精通音乐，尝作自度腔。他生平没有做过官，即以音乐与诗词自遣。尝有诗云：

　　自作新词韵最娇，小红低唱我吹箫。曲终过尽松林路，回首烟波十四桥。

小红者范石湖之婢，有色艺。姜夔为石湖制《暗香》《疏影》二词，石湖即以小红为赠。姜夔每自制新词，即自吹箫，小红辄歌而和之，晚年，他带着小红游遍江南诸胜地。以疾卒于苏州（或云西湖）。

姜夔一生的生活是这样闲适而富有诗意。他的词在当代最负盛名，只因过于雕琢，有时反不如他的诗，例如他的《雪后夜过垂虹桥》诗云：

　　笠泽茫茫雁影微，玉峰重叠护云衣。长桥寂寞春寒夜，只有诗人一舸归！

这首诗是绍熙辛亥除夕做的，过了五年，他又当着冬天的雪夜过垂虹桥，因赋《庆宫春》词：

　　双桨莼波，一蓑松雨，暮愁渐满空阔。呼我盟鸥，翩翩欲下，背人还过木末。那回归去，荡云雪孤舟夜发。

伤心重见，依约眉山，黛痕低压。　采香径里春寒，老子婆娑，自歌谁答？垂虹西望，飘然引去，此兴难遏。酒醒波远，正凝想明珰素袜，如今安在？惟有阑干，伴人一霎。

这是在同样境地做的诗和词，而且据姜夔说他的这首词是"过旬涂稿乃定"的作品，可是词仍不如诗。

姜夔的词有两类：一类是填词，一类是自度曲。他的填词，既束缚于文字，又束缚于音律，能读的作品很少，勉强选出几首作例：

鹧鸪天

巷陌风光纵赏时，笼纱未出马先嘶。白头居士无呵殿，只有乘舟小女随。　花满市，月侵衣，少年情事老来悲。沙河塘上春寒浅，春了游人缓缓归。

醉吟商小品

又正是春归，细柳暗黄千缕。暮鸦啼处，梦逐金鞍去。一点芳心休诉，琵琶解语。

齐天乐（咏蟋蟀）

庾郎先自吟《愁赋》，凄凄更闻私语。露湿铜铺，苔侵石井，都是曾听伊处。哀音似诉。正思妇无眠，起寻机杼。曲曲屏山，夜凉独自甚情绪？　西窗又吹暗雨，为谁频断续？相和砧杵。侯馆吟秋，离宫吊月，别有伤心无数。《豳诗》漫与。笑篱落呼灯，世间儿女。写入琴丝，一声声更苦！

《齐天乐》一词已嫌过于雕刻了。

姜夔的自度曲以《暗香》《疏影》二词为最负盛名,张炎至称为"前无古人,后无来者"的绝唱。但在我们看来,这两首词只一味用典使事,没有内容,似乎不能代表姜夔的艺术的优点。我们不妨另选作者的几首自度曲来作例:

淡黄柳(客居合肥南城赤阑桥之西,巷陌凄凉,与江左异。唯柳色夹道,依依可怜。因度此阕,以纾客怀。)

空城晓角,吹入垂杨陌。马上单衣寒恻恻。看尽鹅黄嫩绿,都是江南旧相识。　正岑寂,明朝又寒食。强携酒小乔宅。怕梨花落尽成秋色。燕燕飞来,问春何在?唯有池塘自碧。

扬州慢(淳熙丙申至日,予过维扬。夜雪初霁,荠麦弥望。入其城则四顾萧条,寒水自碧。暮色渐起,戍歌悲吟。予怀怆然,感慨今昔,因自度此曲。千岩老人以为有《黍离》之悲也。)

淮左名都,竹西佳处,解鞍少驻初程。过春风十里,尽荠麦青青。自胡马窥江去后,废池乔木,犹厌言兵。渐黄昏,清角吹寒,都在空城。　杜郎俊赏,算如今,重到须惊。纵豆蔻词工,青楼梦好,难赋深情。二十四桥仍在,波心荡,冷月无声。念桥边红药,年年知为谁生?

长亭怨慢(余颇喜自制曲,初率意为长短句,然后协以律,故前后阕多不同。桓大司马云:"昔年种柳,依依汉南,今看摇落,凄怆江潭。树犹如此,人何以堪!"此语予深爱之。)

渐吹尽，枝头香絮。是处人家，绿深门户。远浦萦回，暮帆零乱，向何许？阅人多矣，谁得似，长亭树？树若有情时，不会得青青如此！　　日暮，望高城不见，只见乱山无数。韦郎去也，怎忘得，玉环分付：第一是早早归来，怕红萼，无人为主。算只有并刀，难剪离愁千缕。

姜夔自度曲的好处，是能够不束缚于音律。（作者自云"初率意为长短句，然后协以律"。）坏处是文字方面仍不免雕刻太甚。而且他的小序也是一种小小的毛病。周济《论词杂著》说："白石好为小序，序即是词，词仍是序。反覆再观，如同嚼蜡矣。"

姜夔的词誉，向来是很高的，称道他的人很多：范石湖说："白石有裁云缝月之妙手，敲金戛玉之奇声。"黄昇说："词宜清空，不要质实。姜白石如野云孤飞，去留无迹。"朱彝尊说："词人言词，必称北宋。然词至南宋，始极其至。姜尧章氏最为杰出。"宋翔凤说："词家之有姜石帚，犹诗家之有杜少陵。"王国维说："古今词人格调之高，莫如白石。"我们看了这些过于夸张的赞美，实在不能满意。平心而论，姜夔的词有他的好处，也有他的坏处。好处有二：第一是格调高，因为姜夔词主"清空"，"清空"则能"古雅峭拔"，故格调甚高。第二是用事巧妙；如《疏影》词的"昭君不惯胡沙远，但暗忆江南江北，想佩环月下归来，化作此花幽独"。系用少陵诗。"犹记深宫旧事，那人正睡着飞近蛾绿"，系用寿陵事。皆"用事不为所使"。（张炎的话）这都是姜词的好处。可是，这些好处并没有重大的意义。作词最大的目的，自然不是专门讲究格调就好了，也不是把字面弄得很美的就对了，是要求描写的深刻有力，能够把作者的情感与意境逼真地表现出来。正因为姜夔的词专门讲格调，主"清空"，如"野云孤飞"，完全不落实际，没有具体的象征，故描写不深入，不逼真。如《暗香》《疏影》那种作品，明明是咏梅花，却没有一句道着梅花，我们读了如"雾里看花"一样，是调虽高而词斯下矣。至于喜欢用典使事，适以暴露作者才气之短，更不是我们所愿意称道的了。

姜夔在当代既负很高的词誉，其影响自然亦很大的。朱彝尊说："词莫善于姜夔，宗之者张辑、卢祖皋、史达祖、吴文英、蒋捷、王沂孙、张炎、周密、陈允平、张翥、杨基，皆夔之一体。基之后，得其门者寡矣。"照这样看来，在姜氏还没有起来以前，南宋词坛是辛弃疾为盟主；及姜夔的词负盛以后，他便继着辛弃疾而主盟后半期的南宋词坛了。自此以后至于南宋末年，完全是乐府词的时代了。

纪昀《四库全书提要》说："词首鄱阳姜夔，句琢字炼，始归醇雅。而达祖观国为之羽翼。"现在，让我们来叙述姜夔的羽翼高观国史达祖的词吧。

高观国字宾王，山阴人，有《竹屋痴语》一卷。他的词虽属姜派，而自有其清新独立的风格。例如：

卜算子

屈指数春来，弹指惊春去。檐外蛛丝网落花，也要留春住。　几日喜春晴，几夜愁春雨。十二雕窗六曲屏，题遍伤春句。

菩萨蛮

春风吹绿湖边草，春光依旧湖边道。玉勒锦障泥，少年游冶时。　烟明花似绣，且醉旗亭酒。斜日照花西，归鸦花外啼。

清平乐

春芜雨湿，燕子低飞急。云压前山群翠失，烟水满湖轻碧。　小莲相见湾头，清寒不到青楼。请上琵琶弦索，今朝破得春愁。

杏花天

霁烟消处寒犹嫩，乍门巷愔愔昼永。池塘芳草魂初醒，秀句吟春未稳。　仙源阻，春风瘦损。又燕子，来无芳信。小桃也自知人恨，满面羞红难禁。

观国作词不十分刻画，也不似姜夔那样用劲去使事，所以他的小词往往清新可爱。词之佳者，虽姜夔亦不能胜。其词名不及姜氏，与史达祖齐名，时称"高史"。

史达祖字邦卿，号梅溪，汴人。生约当绍兴末年，死于开禧末年。少举进士不第。韩侂胄当国时，达祖做他的省吏。拟旨拟帖，俱出其手。曾随李壁使金。韩侂胄伏诛后，达祖被黥死。（据叶少翁《四朝闻见录》）达祖有《梅溪词》一卷。他与高观国唱和甚多。陈造批评他俩说："竹屋梅溪词，要是不经人道语，其妙处，少游美成不及也。"其实他俩虽然齐名，作风却绝不相同。我们且往下读史达祖的词：

西江月

西月澹窥楼角，东风暗落檐牙。一灯初见影纱窗，又是重帘不下。　幽思屡随芳草，闲愁多似杨花。杨花芳草遍天涯，绣被春寒夜夜。

　　钗头凤（寒食饮绿亭）

　　春愁远，春梦乱，凤钗一股轻尘满。江烟白，江波碧，柳户清明，燕帘寒食，忆忆忆！　　莺声晓，箫声短，落花不许春拘管。新相识，休相失。翠陌吹衣，画楼横笛，得得得！

　　玉楼春（赋梨花）

　　玉容寂寞谁为主，寒食心情愁几许。前身清淡似梅妆，遥夜依微留月住。　　香迷蝴蝶飞时路，雪在秋千来往处。黄昏著了素衣裳，深闭重门听夜雨。

作者的咏物词是很负盛名的，张炎最赞美他的《东风第一枝》（咏雪）和《双双燕》（咏燕）二词，谓其"全章精粹，不留滞于物"。我们且举《双双燕》词作例：

　　双双燕（咏燕）

　　过春社了，度帘幕中间，去年尘冷。差池欲往，试入旧巢相并。还相雕梁藻井，又软语商量不定。飘然快拂花梢，翠尾分开红影。　　芳径芹泥雨润，爱贴地争飞，竞夸轻俊。红楼归晚，看足柳昏花暝。应是栖香正稳，便忘了天涯芳信。愁损翠黛双蛾，日日画栏独凭。

姜夔称史达祖的词："奇秀清逸，有李长吉之韵，盖能融情景于一家，会句意于两得。"张镃题《梅溪词》云："有瑰奇警迈清新闲婉之长，而无诡荡污淫之失，端可分镳清真，平睨方回；

而纷纷三变辈,几不足比数!"这种批评未免太夸张了。周济说:"梅溪喜用'偷'字,品格便不高。"这又未免过于吹毛求疵了。平心而论,史达祖为人虽不足取,词的格调也不高,然才华瞻丽,工于描绘,不能不算南宋一作手。

吴文英是姜派词人中的健将。

文英字君特,号梦窗,四明人。其生平事迹不甚可考。尝从姜夔游,他的词亦宗姜氏。尹惟晓序他的词说:"求词于吾宋,前有清真,后有梦窗。此非予之言,四海之公言也。"可见文英的词在当代已很有名了。他的作品最丰富,流传下来的有《梦窗》甲乙丙丁稿四卷。所作词专门用典使事,所以沈伯时批评他:"用事下语大晦处,人不易知。"在《梦窗词》里面的长调,没有一首是可读的;只间有小词,脱下了古典的衣裳,清蔚可诵:

玉楼春(京市舞女)

茸茸狸帽遮梅额,金蝉罗剪胡衫窄。乘肩争看小腰身,倦态强随闲鼓笛。　问称家住城东陌,欲买千金应不惜。归来困顿殢春眠,犹梦婆娑斜趁拍。

唐多令

何处合成愁,离人心上秋。纵芭蕉不雨也飕飕。都道晚凉天气好,有明月,怕登楼。　年事梦中休,花空烟水流。燕辞归,客尚淹留。垂柳不萦裙带住,漫长是,系行舟。

这类的词在吴文英的词集里面,简直是凤毛麟角。他最喜欢作长调。在他的长调里面,往往只顾用典使事的凑巧,东说一件事,西又说一件事,全不顾及词意的脉络线索,至于令读者神昏目眩,莫知所云。周济还赞美他说:"梦窗词之佳者,天光云影,摇荡绿波;抚玩无斁,追寻已远。"这简直是荒谬绝伦的批评了。关于吴文英的词,张炎有几句话说得最好:"梦窗如七宝楼台,眩人眼目,碎折下来不成片段。"严格说起来,姜派词人的词,多半是碎折下来,难成片段的,但以吴文英陷溺最深,他的作品最不能表现情感和意境。我们说他是姜派的健将,但他却将姜派词的缺点暴露无遗了。所以同派的张炎也毫不客气的反对他的作品。

四　晚宋词坛

　　宋词到了晚宋,犹之乎唐诗到了晚唐。唐诗经过盛唐诗人的发扬光大,经过中唐诗人的开拓变迁,到了晚唐的诗人找不着出路了,便走上专门卖弄文字的技巧的路上去了,便形成晚唐"形式上的唯美主义"的作风了。宋词也是一样,经过北宋词人的发扬光大,经过南渡词人的开拓变迁,到了南宋偏安之局大定(公元一二〇七年韩侂胄伏诛,与金议和成功)以后的词人——姜夔吴文英这一般词人——找不着词的出路了,又渐渐走上卖弄文字的技巧的路上去了,到了晚宋便完全变成"形式上的唯美主义"的词坛,如晚唐诗一样。

　　"形式上的唯美主义"最注重的自然是文字的技巧,词的字面必须特别使其美丽,这是姜夔吴文英辈的词倡导起来的风气。到了宋末,这种靡艳的风气已普遍于词坛了。我们只要看晚宋那些词人的作集,题名都是很考究,如王沂孙的《花外集》(一名《碧山乐府》),周密的《蘋洲渔笛谱》,陈允平的《日湖渔唱》,张炎的《山中白云词》,都是些很美丽的题目。他们的作品完全是表现文字的美。

此外音律的谐协,也是唯美派的晚宋词人所没有忽视的。张炎在他的《词源》里面说他的父亲曾赋《瑞鹤仙》,有"粉蝶儿扑定花心不去,闲了寻香两翅"之句,"扑"字不协,改为"守"字,乃协;他又有"锁窗深"之句,"深"字不协,改为"幽"字,又不协,再改"明"乃协。据我们看,改是改得协律了,但意义却相差万里了。因为晚宋词人,多半是直接地或间接地熏染着姜夔吴文英辈的影响,以为离开了乐府便没有词,只有乐府词才算词,所以那样的注重音律的谐协,而忽视词的情感与意境。

单就形式的美一方面说(包括文字的音律的美与字面的美二者而言),晚宋的词是值得我们欣赏的。往下我们且分别来介绍晚宋词人及其词。

王沂孙字圣与,号碧山,又号中仙,会稽人。宋亡后,仕于元,为庆元路学正。他的词很为后人所称说,周济《论词杂著》说:"中仙最多故国之感,故著力不多,天分高绝,所谓意能尊体者也。"张惠言则称他的咏物词"有君国之忧"。例如:

高阳台
残雪庭阴,轻寒帘影,霏霏玉管蒹葭。小帖金泥,不知春在谁家。相思一夜窗前梦，奈个人水隔天遮。但凄然满树幽香，满地横斜。　　江南自是离愁苦，况游骢古道，归雁平沙。怎得银笺，殷勤与说年华。如今处处生芳草，纵凭高不见天涯。便消他几度东风，几度飞花。

作者身遭亡国之痛，自然免不掉悲伤之感。但在《碧山乐府》里面有"君国之忧"的作品，实在不多。他的咏物词尤其与"故国之感"毫不相涉，至多我们只能够指出他《高阳台》这一类的作品有些儿感慨，但感慨也是很稀薄的。如《摸鱼儿》，不但没有一点感慨，而且是写花柳的闲情，却写得很好：

洗芳林夜来风雨，匆匆还送春去。方才送得春归了，那又送君南浦。君听取，怕此际春归也过吴中路。君行到处，便快折湖边千条翠柳，为我系春住。　　春还住，休索吟春伴侣。残花今已尘土。姑苏台下烟波远，西子近来何许？能唤否？又恐怕残春到了无凭据。烦君妙语，更为我将春，连花带柳，写入翠笺句。

王沂孙是在元朝做过官的，他的词自然不会一概是"故国之感"，我们更不能拿"多故国之感"的话来赞美他的词。

蒋捷字胜欲，宜兴人（或作阳羡人）。德祐年间举进士。宋亡之后，他遁迹不仕，住竹山，人称为竹山先生。有《竹山词》。

在晚宋词人中，蒋捷要算是最能超脱的一个，他虽然被称为姜派的词人，但他的词能不为文字与音律所拘束，自由肆放，颇有辛弃疾的精神。如《沁园春》的"结算平生风流债，请一笔勾，盖攻性之兵，花团锦阵；毒身之鸩，笑齿歌喉"，又如《贺新郎》的"据我看来何所似，一似韩家五鬼，又一似杨家疯子"，这些例子诚然是好笑，却可以看出作者的文字有一种不可羁绊的肆溢精神。我们不妨另举几首能够代表作者的艺术的词作例：

虞美人

少年听雨歌楼上，红烛昏罗帐。壮年听雨客舟中，江阔云低，断雁叫西风。　而今听雨僧庐下，鬓已星星也。悲欢离合总无情，一任阶前点滴到天明。

解佩令（春）

春晴也好，春阴也好，著些儿春雨越好。春雨如丝，绣去花枝红袅，怎禁他孟婆合皂？　梅花风小，杏花风小，海棠风暮地寒峭。岁岁春光，被二十四风吹老。楝花风尔且慢到。

一剪梅（舟过吴江）

一片春愁待酒浇，江上舟摇，楼上帘招。秋娘渡与泰娘桥，风又飘飘，雨又萧萧。　何日归家洗客袍，银字笙调，心字香烧。流光容易把人抛，红了樱桃，绿了芭蕉。

毛晋称《竹山词》"语语纤巧，真《世说》靡也，字字妍倩，真六朝腴也"。纪昀亦称："其词练字精深，调音谐畅，为倚声家之矩矱。"这种批评，还是就姜派的眼光来赞美蒋捷，似乎没有了解蒋捷词的真价值。不过蒋捷也不是没有近乎婉约小巧的词：

霜天晓角

人影窗纱,是谁来折花?折则从他折去,知折去,向谁家? 檐牙枝最佳,折时高折些。说与折花人道:须插向,鬓边斜。

虞美人(梳楼)

丝丝杨柳丝丝雨,春在溟蒙处。楼儿忒小不藏愁,几度和云飞去觅归舟。 天怜客子乡关远,借与花消遣。海棠红近绿阑干,才卷朱帘却又晚风寒。

无论是写近豪放的词,或是近婉约的词,蒋捷写来总是明白晓畅,不会流于晦涩难解,这也是和晚宋词人不同的地方。

周密字公谨,号草窗,济南人,流寓吴兴,居弁山,自号弁阳啸翁,又号萧斋,又号四水潜夫。(一二三二——一三〇八)他曾仕宋为义乌县令,宋亡后,与王沂孙,王易简,冯应瑞,唐艺孙,吕同老,李彭老,陈恕可,唐珏,赵汝钠,李居仁,张炎,仇远等,结为词社,著有《乐府补题》。其词与吴文英齐名,合称二窗词。

他的词很着力模仿姜夔,他的长调很中了姜夔的毒。拿他来与吴文英并称,真是再恰当也没有。倒是他的小词,很有些值得我们称道的:

四字令(拟花间)

眉消睡黄,春凝泪妆,玉屏水暖微香,听蜂儿打窗。筝尘半妆,绡痕半方,愁心欲诉垂杨,奈飞红正忙。

鹧鸪天（清明）

燕子时时度翠帘，柳寒犹未褪香绵。落花门巷家家雨，新火楼台处处烟。　　情默默，恨恹恹，东风吹动画秋千。刺桐开尽莺声老，无奈春风只醉眠。

眼儿媚

飞丝半湿惹归云，愁里又闻莺。淡月秋千，落花庭院，几度黄昏。　　十年一梦扬州路，空有少年心。不分不晓，恹恹默默，一段伤春。

清平乐

晚莺娇咽，庭户溶溶月。一树湘桃飞茜雪，红豆相思渐结。　　看看芳草平沙，游鞯犹未归家。自是萧郎漂泊，错教人恨杨花！

周济评周密的词说："公谨只是词人，颇有名心，未能自克，虽才情诣力，色色绝人，终不能超然遐举。"

陈允平字君衡，一字衡仲，号西麓，四明人。他的生平事迹不可考。其词有《日湖渔唱》与《西麓继周集》。《西麓继周集》完全是和周邦彦的《清真词》，毫无可取的作品，《日湖渔唱》里也有不少可厌的"寿"词。现在，我们只选出几首能够代表作者的词作例：

谒金门

春欲去，无计得留春住。纵着天涯浑柳絮，春归还有路。　　恨煞多情杜宇，愁煞无情风雨。春自悠悠人自苦，莺花谁是主？

唐多令（秋暮有感）

休去采芙蓉，秋江烟水空。带斜阳一片征鸿。欲顿闲愁无顿处，都著在两眉峰。　心事寄题红，画桥流水东。断肠人无奈秋浓。回首层楼归去懒，早新月，挂梧桐。

一落索

欲寄相思情苦，倩红流去泪花。写不尽离怀，都化作无情雨。　渺渺暮云春树，澹烟横素。夕阳西下，杜鹃啼怨，截断春归处。

陈允平也是小词可诵，而长调毫无是处的。大概晚宋的词人，才气短的居多。而当时却养成一种喜欢填长调的风气。故结果总是堆砌成词，毛病百出。我们只能够在他们的小词里面，去发现几首值得赏鉴的作品。其大多数的作品，特别是长词，多半是没有文艺价值的。这显然是宋词的末运到了。

张炎是宋词最后的一个殿军。

炎字叔夏，号玉田，又号乐笑翁，循王张俊的六世孙。本西秦人，家居临安。生于宋理宗淳祐八年（一二四八）。宋亡时，他只有二十九岁。在元朝他的际遇是很不好的，戴表元《送张叔夏西游序》说：

玉田张叔夏与余初相逢钱塘西湖上，翩翩然飘阿锡之衣，乘纤离之马，于时风神散朗，自以为承平故家，贵游少年不翅也。垂及强仕，丧其行资。则既牢落偃蹇。

尝以艺北游,不遇。失意亟亟南归,愈不遇。犹家钱塘十年。久之,又去东游山阴,四明,天台间,若少遇者,既又弃之西归。……

张炎本是"钟鸣鼎食之家"的贵介子弟,宋亡不久,尽丧失其资产。晚年落拓,到处飘泊,活到七十多岁才死。他在元朝生活了四十多年,他的词大部分是在元朝做的。

张炎的词,受家传的影响很深。他的曾祖父张镃很有文名,著《玉照堂词》。他的祖父张含也工文学。父亲张枢,尤精音律,有《寄闲集》。张炎之成为一个乐府词家,成为一个纯姜派的词人,固然是时代的关系,但家传词学于他也有很大的影响。他自己说"平生好为词章,用功逾四十年"。(《词源》下)他的《山中白云词》,最为世所称。

张炎最初以《春水词》得名,人称为张春水。(邓牧说"《春水》一词绝唱古今"。)后又以《孤雁词》传诵一时,人又称为张孤雁。按集中《南浦》(咏春水)与《解连环》(咏孤雁)二词,并不见佳,不知当时何以这样负盛名。我们且另举几首能够代表作者的作品为例:

声声慢(与王碧山泛舟鉴曲,王蕺隐吹箫,余倚歌而和。天阔秋高,光景奇绝,与姜白石垂虹夜游,同一清致也。)

晴光转树,晓气分岚,何人野渡横舟。断柳枯蝉,凉意正满西州。匆匆载花载酒,便无情也自风流。芳昼短,奈不堪深夜,秉烛来游。　谁识山中朝暮,向白云一笑，今古无愁。散发吟商，此兴万里悠悠。清狂未应似我，倚高寒，隔水呼鸥。须待月，许多情都付与秋。

高阳台（西湖春感）

接叶巢莺，平波卷絮，断桥斜日归船。能几番游，看花又是明年。东风且伴蔷薇住，到蔷薇春已堪怜。更凄然万绿西泠，一抹荒烟。　当年燕子知何处，但苔深韦曲，草暗斜川。见说新愁，于今也到鸥边。无心再续笙歌梦，掩重门，浅醉闲眠。莫开帘，怕见飞花，怕听啼鹃！

这是两首长词，前一首大约在宋未亡以前做的，才有"谁识山中朝暮，向白云一笑，今古无愁"的句子；后一首大约是宋亡以后做的，才有"莫开帘，怕见飞花，怕听啼鹃"的句子。

张炎其他的长调，也不免雕琢过甚，偏重技巧的毛病。还是小词多几首好的，例如：

清平乐

采芳人杳，顿觉游情少。客里看春多草草，总被诗愁分了。　去年燕子天涯，今年燕子谁家？三月休听夜雨，如今不是催花。

四字令

莺吟翠屏，帘吹絮云。东风也怕花嗔，带飞花赶春。　邻娃笑迎，嬉游趁晴。明朝何处相寻？那人家柳阴。

珍珠令

桃花扇底歌声杳，愁多少，便觉道花阴闲了。因甚不归来？甚归来不早？　　满院飞花休要扫，待留与薄情知道，知道，怕一似飞花，和春都老。

周济对于张炎词有一段极严酷的批评："玉田才本不高，专恃磨砻雕琢，装头作脚，处处妥当。后人翕然宗之。然如《南浦》之赋春水，《疏影》之赋梅花，逐韵凑成，毫无脉络。而户诵不已，真耳食也。"若是就作者的长词而言，则不但《南浦》《疏影》二词是"逐韵凑成，毫无脉络"；其大部的长词，都是"逐韵凑成，毫无脉络"。可是，若论他的小词，如上面所举例，也未尝没有很好的作品。晚宋词人，本来很少值得我们赞许的，但张炎还要算其中"差强人意"的一个词人呢。

王沂孙，蒋捷，周密，陈允平，张炎这些词人死掉以后，宋词的生命便没落了。此后的文人，都把他们的天才和精力，用于做曲子去了，词坛便寂寞不堪回顾了。

五　宋代词人补志

宋代重要词家，已如上述。今复举其有作集流传而作品较可观者，补志一部分于下。

赵令畤，字德麟，宋之宗室，袭封安定郡王，其词有《聊复集》一卷。兹举其悼爱妾的一首《清平乐》为例：

春风依旧，著意隋堤柳。搓得鹅儿黄欲就，天气清明时候。　去年紫陌青门，今宵雨魄云魂。断送一生憔悴，只消几个黄昏。

令畤的词在北宋虽无盛名，然其小词之隽美者，实不在诸名词人下。

晁冲之，字叔用，一字用道，巨野人。举进士。绍兴初，以党论被逐，隐具茨山下。有《具茨集》一卷。词如《临江仙》：

忆昔西池池上饮，年年多少欢娱。别来不寄一行书。寻常相见了，犹道不如初。　安稳锦屏今夜梦，月明好渡江湖。相思休问定何如。情知春去后，管得落花无？

冲之词明净而有情致，在元祐间亦属一作手。

王观，字通叟，高邮人。嘉祐进士，官翰林学士，以赋应制词近亵被谪，自号逐客。有《冠柳词》。其词流丽而富有情思，今举他的《生查子》为例：

关山魂梦长，塞雁音书少。两鬓可怜青，一夜相思老。归傍碧纱窗，说与人人道：真个别离难，不似相逢好。

葛胜仲，字鲁卿，丹阳人。绍兴初进士，元符初中宏词科。累迁国子司业，终文华阁待制，知湖州卒，谥文康。有《丹阳词》，其词境甚高，而微短于才，今举其一首有名的《点绛唇》（县斋夜坐）为例：

秋晚寒斋，藜床香篆横轻雾。闲愁几许？梦逐芭蕉雨。　　云外哀鸿，似替幽人语。归不去，乱山无数，斜日荒城鼓。

王安中，字履道，阳曲人。第进士，政和中擢御史中丞，后归燕，旋又归宋，绍兴初，官左中大夫。其为人虽反复炎凉不足道，然所作词实不可埋没。有《初寮词》一卷。例如《蝶恋花》：

千古铜台今莫问，流水浮云，歌舞西陵近。烟柳有情开不尽，东风约定年年信。　　天与麟符行乐分，缓带轻裘，雅宴催云鬟。翠雾縈纤销篆印，筝声恰度秋鸿阵。

这两句词："翠雾縈纤销篆印，筝声恰度秋鸿阵"，在当代是很被传诵的。

赵师使，一名师侠，字介之，汴人。第进士。有《坦庵长短句》一卷。所作长于摹写风景，体状物态。今举他的《谒金门》为例：

沙畔路，记得旧时行处：蔼蔼疏烟迷远树，野航横不渡。　　竹里疏花梅吐，照眼一川鸥鹭。家在清江江上住，水流愁不去。

纪昀评师使词云："今观其集，萧疏淡远，不肯为剪红刻翠之文，洵词中之高品；但微伤率易，是其所偏。"

康与之，字伯可，滑州人，流寓嘉禾。秦桧当国，与之附桧求进，擢台郎。专为应制歌词，谀艳粉饰，声名扫地。桧死，坐贬。

词有《顺庵乐府》。其小词颇有可观，例如《诉衷情令》：

　　阿房废址汉荒丘，狐兔又群游。豪华尽成春梦，留下古今愁。　　君莫上，古原头，泪难收。夕阳西下，塞雁南来，渭水东流。

杨无咎，字补之，自号逃禅老人，又号清夷长者，清江人。他本有志于功名事业，因秦桧专权，耻于依附，高宗几次征他不去。他善画，其词在当时不甚有名，黄昇《花庵词选》未刊他的词。有《逃禅词》一卷。例如：

　　相见欢
　　不禁枕簟新凉，夜初长，又是惊回好梦叶敲窗。江南望，江北望，水茫茫，赢得一襟清泪伴余香。
　　醉花阴
　　淋漓尽日黄梅雨，断送春光暮。目断向高楼，持酒停歌，无计留春住。　　扑人飞絮浑无数，总是添愁绪。回首向春风，争得春愁，也解随春去。

无咎的词，描写实在不错，只可惜他的作集里面应酬的作品太多了。

侯寘，字彦周，东武人。绍兴中以直学士知建康。他在当世词名亦不高，所作亦多应酬品，值得举例的甚少。但偶为抒情之作，辄清丽可爱。例如《风入松》（西湖戏作）：

少年心醉杜韦娘，曾格外疏狂。锦笺预约西湖上，共幽深，竹院松庄。愁夜黛眉颦翠，惜归罗帕分香。重来一梦绕湖塘，空烟水微茫。同心眼底无苏小，记旧游，凝伫凄凉。入扇柳风残酒，点衣花雨残阳。

纪昀评侯寘云："其词婉约娴雅，无酒楼歌馆簪写狼藉之态，其名虽不甚著，而在南宋诸家中，要不能不推为作者。"

韩元吉，字无咎，号南涧，许昌人。隆兴间官至吏部尚书，论者称其政事文学，均为一代冠冕。有《芭蕉词》一卷。例如《霜天晓角》（题采石娥眉亭）：

倚天绝壁，直下江千尺。天际两蛾横黛，愁与恨，几时极？　暮潮风正急，酒阑闻塞笛。试问谪仙何处？青天外，远烟碧。

元吉词气魄沉雄，风格自高。

杜安世，字寿域，京兆人。其生平不详。有《寿域词》一卷。作品多可诵者，例如《踏莎行》：

雨霁风光，春分天气，千花百草争明媚。画梁新燕一双双，玉笼鹦鹉爱孤睡。　薜荔依墙，莓苔满地。青楼几处歌声丽。蓦然旧事上心头，无言敛皱眉山翠。

洪咨夔，字舜俞，号平斋，於潜人。官至刑部尚书。有《平

斋词》。纪昀称其所作淋漓激壮,多抑塞磊落之感。然如其《眼儿媚》一类的词,则是以清丽见长的:

> 碧沙荒草渡头村,绿遍去年痕。游丝下上,流莺来往,无限销魂。　绮窗深静人归晚,金鸭水沉温。海棠影下,子规声里,立尽黄昏。

黄公度,字师宪,号知稼翁,莆田人。绍兴进士,仕至考功员外郎。有《知稼翁词》,今举其《青玉案》为例:

> 邻鸡不管离怀苦,又还是催人去。回首高城音信阻,霜桥月馆,水村烟市,总是思君处。　裛残别袖燕支雨,谩留得愁千缕。欲倩归鸿分付与,鸿飞不住,倚栏无语,独立长天暮。

洪迈称公度的词"婉转精丽"。

杨万里,字廷秀,吉水人。官秘书监。因不肯附韩侂胄,不得志。他是南宋有名的诗人,其词亦如苏黄,为曲子中缚不住者。有《诚斋乐府》一卷。例如《好事近》:

> 月未到诚斋,先到万花川谷。不是诚斋无月,隔一庭修竹。　如今才是十三夜,月色已如玉。未是春光奇绝,看十五十六。

杨万里真可以说是一个道地的白话词人。

葛立方，字常之，胜仲之子。官至吏部侍郎。有《归愚词》一卷。今举其为世所称的《卜算子》为例：

袅袅水芝红，脉脉蒹葭浦。析析西风澹澹烟，几点疏疏雨。　草草展杯觞，对此盈盈女。叶叶红衣当酒船，细细流霞举。

纪昀谓立方词："多平实铺叙，少清新婉转之意。然大致不失宋人风格。"

曾觌，字纯浦，号海野老农，汴人，孝宗时官至开府仪同三司，加少保，用事二十年，权倾中外。其为人奸邪不义，至为谈艺者所不齿。然才华富丽，实有可观，著《海野词》一卷。例如《忆秦娥》（邯郸道上）：

风萧瑟，邯郸古道伤行客。伤行客，繁华一瞬，不堪思忆。　丛台歌舞无消息，金樽玉管空陈迹。空陈迹，连天草树，暮云凝碧。

曾觌尝见东都之盛，故其词多凄凉感慨。只就词而论，尚不失为南渡一作家。

王千秋，字锡老，号审斋，东平人，或称为金陵人。毛晋说他的词绝少绮艳之态。这似不是确实的话。我们读了他的《审斋词》，除了一部分酬贺之作外，大部分都是抒情词，而且有写得很绮艳的。词例《西江月》：

老去频惊节物,醒来依旧江山。清明雨过杏花寒,红紫芳菲何限。　春病无人消遣,芳心有酒摧残。此情拍手问阑干,为甚多愁我惯?

千秋一生落拓,飘泊他乡,其名不显于当代,其词亦不为当代所称,故黄昇《花庵词选》未选其词。但他的词实在是值得我们诵读的。纪昀《四库全书提要》称:"其体本《花间》而出,入于东坡门径,风格秀拔,要自不杂俚音,南渡之后,亦卓然为一作手。"

赵彦端,字德庄,号介庵,魏王延美七世孙。乾道淳熙间以直宝文阁,知建康府,终左司郎官。有《介庵词》一卷。其赋西湖的《谒金门》最有名:

休相忆,明夜远如今日。楼外绿烟村幂幂,花飞如许急。　柳岸晚来船集,波底斜阳红湿。送尽去云成独立,酒醒愁又入。

彦端的小词颇多婉约风流之作。

杨炎正,字济翁,或作名炎,号止济翁,庐陵人。五十二岁始登第,为宁远簿,后除掌故之令。有《西樵语业》一卷。其词颇多感慨,很带几分辛弃疾式的豪放意味,但我们却喜欢他的抒情小词,例如《鹊桥仙》:

思归时节,乍寒天气,总是离人愁绪。夜来无奈被西风,更吹做一帘秋雨。　征衫拂泪,阑干醉倚,羞对黄花无语。寄书除是雁来时,又只恐书成雁去。

纪昀称炎正词:"屏绝纤浓,自抒清俊,要非俗艳所可比。"

沈端节,字约之,吴兴人。曾令芜湖,知衡州,官朝散大夫。有《克斋词》,今举其《江城子》为例:

秋声昨夜入梧桐,雨蒙蒙,洒窗风,短杵疏砧,将恨到帘栊。归梦未成心已远,云不断,水无穷。　有人应念水之东,鬓如蓬,理妆慵,览镜沉吟,膏沐为谁容?多少相思多少事,都尽在,不言中。

纪昀称端节词:"吐属婉约,颇具风致。"毛晋谓:"《克斋词》长于咏物写景,殆梅溪竹屋之流欤。"

张辑,字宗瑞,鄱阳人。生平不详。有《东泽绮语债》二卷。其词多可诵者,例如《钓船笛》(寓《好事近》):

载酒岳阳楼,秋入洞庭深碧。极目水天无际,正白蘋风急。　月明不见宿鸥惊,醉把玉栏拍。谁谓百年心事,恰钓船横笛。

辑词在当代无重名,然风致清新,要为南宋中期不可多得之作者。

毛开,字仲平,信安人,或作三衢人。为人傲世自许,与时多忤,官只止州倅。诗文均著名,小词尤工,有《樵隐词》一卷。其《清平乐》(见一妇人陈牒立雨中)最有名:

醉红宿翠，髻鬌乌云堕。管是夜来不睡？那更今朝早起？　春风满搦腰支，阶前小立多时。恰恨一番春雨，想应湿透鞋儿。

卢祖皋，字申之，又字次夔，号蒲江，永嘉人。嘉定间为军器少监，权直学院。有《蒲江词》一卷。例如《谒金门》：

闲院宇，独自行来去。花片无声帘外雨，峭寒生碧树。　做弄清明时序，料理春醒情绪。忆得归时停棹处，画桥看落絮。

周济评云："蒲江小令，时有佳趣，长篇则枯寂无谓，盖才少也。"

石孝友，字次仲，南昌人。生平遭遇坎坷，以词得名。有《金谷遗音》一卷。以写艳情之作为多，例如《惜奴娇》：

我已多情，更撞着多情底你。把一心十分向你尽。他们劣心肠，偏有你。共你撇了人，只为个你。　宿世冤家，百忙里方知你没前程。阿谁似你坏却才名？到如今，都因你。是你，我也没星儿恨你。

论者以孝友比蒋捷，似乎不类，他实是黄庭坚一流的作风。以上共补志两宋词人二十四家。

[第五章]
金元明词

金，元，明，这三个时代是新兴的通俗文学流行时期，是正统的古典文学衰落时期。在这时期内，许多有天才的文人，都朝着新兴的戏曲与小说去努力，去求新的创造，所以戏曲与小说的成绩斐然。其仍在文章诗词方面卖力的，大都是主张复古主张模拟的文人，他们始终不能超出前人的范围，故文章诗词的成绩均无甚可观。

比较起来，恐怕还是词的一方面比文章诗歌较为令人满意一点。特别是金、元二代，作词的风气虽不很浓，但他们的作品还不是一味模拟，有时竟能表现出一种特异的情调，给我们以清新的观感，这是值得注意的。

往下，分开来叙述。

一　金词

宋南渡后，中原便为金所占有。金主大都是爱好中国文化的，如金主亮，世宗，章宗，都极力引用宋朝的文人去做官，他们自己都能做诗词，有时并且做得很好，如金主亮的《昭君怨》(咏雪)：

　　昨日樵村渔浦，今日琼川银渚。山色卷帘看，老峰峦。锦帐美人贪睡，不觉天孙剪水。惊问是杨花？是芦花？

这种词的风调，与宋词有点两样，读起来是另有意味的。

金之词人，据《中州乐府》所著录，有词人三十六位，惜其词集不皆流传，今举几个较负盛名的词人为代表。

吴激，字彦高，建州人。宋宰相拭之子。使金，留不遣，累官翰林待制。皇统初，出知深州卒。有《东山集词》一卷。宇文叔通称其"以乐府名天下"。他最有名的是一首《人月圆》（宴张侍御家有感）：

南朝千古伤心地，还唱《后庭花》。旧时王谢堂前燕子，飞向谁家？　恍然一梦，天姿胜雪，官鬓堆鸦。江州司马，青衫泪湿，同是天涯。

这首词是写故国之感的，相传闻者皆为之挥涕。黄昇云："彦高词精妙凄惋。"所作虽篇数不多，皆精微尽善，在金代怕要算是首屈一指的词人呢。

蔡松年，字伯坚，真定人。累官至丞相，加仪同三司，封卫国公。卒后加封吴国公，谥文简。有《萧闲公集》。他的词与吴激齐名，当时号为"吴蔡体"。例如《尉迟杯》：

紫云暖，恨翠雏，珠树双栖晚。小枝静院，相逢的的，风流心眼。红潮照玉碗，午香重，草绿宫罗淡。喜银屏小语，私分麝月，春心一点。　华年共有好愿，何时定？妆鬟暮雨零乱。梦似花飞，人归月冷，一夜小山幽怨。刘郎兴寻常不浅。况不似，桃花春溪远。觉情随晓马东风，病酒余香相伴。

韩玉，字温甫，北平人。擢第入翰林为应奉文字，后为凤翔府判官。有《东浦词》一卷。其词多清新可诵。例如《减字木兰花》（赠歌者）：

香檀素手，缓理新词来伴酒。音调凄凉，便是无情也断肠。　莫歌杨柳，记得渭城朝雨后。客路茫茫，几度东风蕙草长。

王庭珪，字子端，盖州熊岳人。大定中登第，官至翰林修撰，晚年卜居黄华山，自号黄华老人。著《黄华山人词》。其为人风流蕴藉，冠冕一时，所作词亦富于情韵，例如《诉衷情》：

夜凉清露滴梧桐，庭树又西风。薰笼旧香犹在，晓帐暖芙蓉。　云淡薄，月朦胧，小帘栊。江湖残梦，半在南楼画角中。

元好问，字裕之，太原秀容人，兴定五年进士，累官左司都事员外郎，天兴初，入翰林知制诰。金亡不仕。世称遗山先生。有《遗山集》。（一一九〇——二五七）他在金代是一位有最权威的文学家，诗名极高，词亦享盛名。例如：

点绛唇
醉里春归，绿窗犹唱留春住。问春何处？花落莺无语。渺渺余怀，漠漠烟中树。西楼暮，一帘疏雨，梦里寻春去。

迈陂塘

　　泰和五年乙丑年岁赴试并州，道逢捕雁者云："今日获一雁，杀之矣。其脱网者悲鸣不能去，竟自投于地而死。"予因买得之，葬之汾水之上，累石为识，号曰雁丘，并作《雁丘词》。

　　问世间情是何物，直教生死相许？天南地北双飞客，老翅几回寒暑？欢乐趣，离别苦。就中更有痴儿女。君应有语。渺万里层云，千山暮雪，只影向谁去？　　横汾路，寂寞当年箫鼓，荒烟依旧平楚。招魂楚些何嗟及，山鬼暗啼风雨。天也妒，未信与，莺儿燕子俱黄土。千秋万古，为留待骚人，狂歌痛饮，来访雁丘处。

张炎《词源》云："遗山词深于用事，精于炼句，风流蕴藉处，不减周秦。"斯评信然。

此外金之词人较有名者，刘仲尹有《龙山集词》，赵可有《玉峰散人集》，刘迎有《山林长语》，党怀英有《竹溪集》，王寂有《拙轩集》，段克己有《遁庵乐府》，段成己有《菊轩乐府》，李俊民有《庄靖先生乐府》。蔡珪的词虽仅《江城子》一首，然特有风趣，兹录如下：

　　鹊声迎客到庭除，问谁与？故人车，千里归来，尘色半征裾。珍重主人留客意，奴白饭，马青刍。　　东城入眼杏千株，雪模糊，俯平湖。与子花间，随分倒金壶。归报东垣诗社友，曾念我，醉狂无？

以上所录作者，其原籍皆中原之士。道地的金人中，除诸金主外，能文者以完颜璹的就独高。璹字子瑜，世宗之孙，越王之子。累官封密国公。自号樗轩居士。所著有《如庵小稿》。词如《青玉案》：

冻云封却驼冈云路，有谁访溪梅去。梦里疏香风暗度，觉来唯见，一窗凉月，瘦无寻处。　明朝画笔江天暮，定向渔蓑得奇句。试问帘前深几许？儿童笑道：黄昏时候，犹是帘纤雨。

拿金词来比南宋词，金词当然较为逊色，决不能拿来和南宋的大词家相比拟。但他们作词，不像姜夔张炎辈去咬文嚼字，千锤百炼，故往往能够写出较为清新俊逸的词来。

二　元词

有元一代，重新曲而轻旧词。相传当时以曲试士之说虽不可靠，但曲之发展，实际上已压倒了一切的文体而独霸一时。当时著名的诗家，大都是诗人，而非戏曲家。元代的诗人大部分是崇信复古与模拟的，由此即可知词的发展是绝望了。

元词之传于今，有作集可读者，尚有六十余家，可见当时词的作品在数量上仍然是很可观的。但要找出几个伟大的作家来，却很困难了。比较上可以代表元代词坛的，只有下列几位。

王恽，字仲谋，汲县人。官至翰林学士，嘉议大夫，累进中奉大夫，赠翰林学士承旨，资善大夫，追封太原郡公，谥文定。有《秋涧集词》四卷。所作以小词为佳。

平湖乐

秋风湖上水增波，水底云阴过。憔悴《湘累》莫轻和，且高歌。　凌波幽梦谁惊破，佳人望断，碧云暮合。道别后，意如何？

作者的长词，则以《春从何处来》（见故宫人感赋）一篇最为人所激赏。

赵孟頫，字子昂，宋之宗室，赐第湖州，遂为湖州人。宋末为真州司户参军。入元授兵部郎中，累官翰林学士承旨，荣禄大夫，卒追封魏国公，谥文敏。（一二五四——一三二二）他能诗能文，工书善画，实一多才之艺人也。词有《松雪词》一卷。

蝶恋花

侬是江南游冶子，乌帽青鞋，行乐东风里。落尽杨花春满地，萋萋芳草愁千里。　扶上兰舟人欲醉，日暮青山，相映双蛾翠。万顷湖光歌扇底，一声吹下相思泪。

邵复孺称孟頫的词："深得骚人风度。"

刘因，字梦吉，容城人。至元中，征授承德郎，右赞善大夫。以母疾归。卒后追封容城郡公，谥文靖。有《静修集词》一卷。

木兰花

未开常探花开未?又恐才开风雨至。花开风雨不相妨,为甚不来花下醉? 今年休作明年计,明日已非今日事。春风欲劝坐中人,一片落红当眼坠。

作者无心于功名富贵,朝廷屡次征召,均固辞不赴。他怀抱着现世的乐天主义,故其词亦多讴歌"浅斟低唱"之辞。

张埜,字野夫,邯郸人。有《古山乐府》二卷。他的词以长调著称,例如《水龙吟》(游丝):

落花天气初晴,随风几缕来何处?飘飘冉冉,悠悠扬扬,欲留还去。雪茧新抽,青丝暗坠,檐珠轻度。看垂虹百尺,萦回不下,似欲系春光住。 凭仗何人,收取付天孙,云绡机杼。浮踪浪迹,忍教长伴章台飞絮。惹起闲愁,织成离恨,万端千绪。望天涯尽日,柔情不断,又闲庭暮。

倪瓒,字元镇,无锡人。不仕,扁舟箬笠,往来湖泖间。自称娴瓒,亦称倪迂。善画,有《清閟阁遗稿词》一卷。他的词长于小令,例如《人月圆》:

惊回一枕当年梦,渔唱起南津。画屏云嶂,池塘春草,无限消魂。 旧家应在,梧桐覆井,杨柳藏门。闲身空老,孤篷听雨,灯火江村。

《词苑》称倪瓒的词:"词意高洁。"

邵亨贞,字复孺,号清溪,华亭人。有《蛾术词选》四卷。他的小词颇有北宋人风味,例如:

凭栏人(题曹云西赠伎小画)
谁写江南一段秋,妆点钱塘苏小楼。楼中多少愁,楚山无尽头。

浣溪沙
西子湖头三月天,半篙新涨柳如烟。十年不上断桥船。百媚燕姬红锦瑟,五花宛马紫丝鞭,年年春色暗相牵。

张翥,字仲举,晋宁人。至正初,以荐为国子助教。累官河南行省平章政事,兼翰林学士。他长于诗,其词尤为当代众望所归,有《蜕岩乐府》三卷。

摘红英
莺声寂,鸠声急,柳烟一片梨云湿。惊人困,教人恨,待到平明,海棠应尽。　青无力,红无迹,残香粉剩那禁得?天难准,晴难稳,晚风又起,倚栏争忍?

作者以模拟姜张为能事,其长词虽为世人所称道,然多不足观。还是他的小词较富情趣,较为自然。

萨都剌,字天锡,号直斋。本答失蛮氏,雁门人。登泰定进士,官京口录事,终河北廉访司经历。有《雁门集》。他的小词和长调都写得好,才气远在张翥之上。

小栏干

去年人在凤凰池,银烛夜弹丝。沉水香消,梨云梦暖,深院绣帘垂。　今年冷落江南夜,心事有谁知?杨柳风柔,海棠月淡,独自倚栏时。

满江红(金陵怀古)

六代豪华春去也,更无消息。空怅望山川形胜,已非畴昔。王谢堂前双燕子,乌衣巷口曾相识。听夜深寂寞打孤城,春潮急。　思往事,愁如织;怀故国,空陈迹。但荒烟衰草,乱鸦斜日。《玉树》歌残秋露冷,胭脂井坏寒螀泣。到如今,只有蒋山青,秦淮碧。

百字令(登石头城)

石头城上,望天低,吴楚眼空无物。指点六朝形胜地,惟有青山如壁。蔽日旌旗,连云樯橹,白骨纷如雪。大江南北,消磨多少豪杰!　寂寞避暑离宫,东风辇路,芳草年年发。落日无人松径里,鬼火高低明灭。歌舞尊前,繁华镜里暗换青青发。伤心千古,秦淮一片明月。

《词苑》云:"天锡《小栏干》词,笔情何减宋人。其石头城怀古词尤多感慨!"在元代的词人中,萨都刺怕要算是最值得珍贵了的吧。

此外之元词人,尚有程巨夫、仇远、刘秉忠、詹玉、萧允之、曾允元、虞集、赵雍、张雨等,但其作品皆无甚特色可供叙述了。

三　明词

　　明代韵文，擅长南曲，词坛与诗坛一样的没有生气，许多词人都是高标着"北宋"或"晚唐五代"的旗帜，徒然抄袭古人，不能自出新意，故没有什么好成绩表现出来。在三百年的明代词坛中，我们只能举出下列的几家，是读者较为满意的。

　　刘基，字伯温，青田人。元进士。入明官至御史中丞，封诚意伯，谥文成。（一三一一——一三七五）其诗文均有名，词亦为一代泰斗。所作词附于《诚意刘文公集》。

　　　　千秋岁

　　　　淡烟平楚，又送王孙去。花有泪，莺无语。芭蕉心一寸，杨柳丝千缕，今夜雨，定化作相思树。　　忆昔欢游处，触目成千古。良会远，知何许？百杯桑落酒，三叠《阳关》句。情未已，月明潮上迷津渚。

　　王世贞称刘基词"秾纤有致"，诚为不诬之语。
　　高启，字季迪，长洲人，隐吴淞江之青丘，自号青丘子。洪武初，召入纂修元史，授编修，擢户部侍郎。（一三三六——一三七四）有《扣舷词》一卷。

行香子（芙蓉）

如此红妆，不见春光，向菊前莲后才芳。雁来时节，寒浥罗裳。正一番风，一番雨，一番霜。　兰舟不采，寂寞横塘。强相依，暮柳成行。湘江路远，吴苑池荒，恨月蒙蒙，人杳杳，水茫茫。

论者称高启的词："大致以疏旷见长。"

杨基，字孟载，嘉州人。洪武初，知荥阳县，历山西按察副使。有《眉庵词》。

多丽

问莺花，晚来何事萧索？是东风，酿成新雨，参差吹满楼阁。辟寒金，再簪宝髻，灵犀镇，重护香幄。杏惜生红，桃缄浅碧，向人憔悴未舒萼。念惟有淡黄杨柳，摇曳映珠箔。凭阑久，春鸿去尽，锦字谁托？　奈梦里，清歌妙舞，觉来偏更情恶。听高楼，数声羌笛，管多少梅花惊落。鸳带慵宽，凤鞋懒绣，新晴谁与共行乐？料在楚云湘水，深处望黄鹤。天涯路，计程难定，长恁飘泊。

作者诗名，次于高启，而词名则过之。论者称其"饶有新致"。

杨慎，字用修，新都人。正德六年赐进士第一，授修撰，嘉靖甲申两上议大礼疏，廷杖谪戍云南永昌卫，卒于戍所。（一四八八——一五五九）他生平以博学著称。有《升庵词》二卷。

转应曲

银烛银烛,锦帐罗帏影独。离人无语消魂,细雨斜风掩门。门掩,门掩,数尽寒城漏点。

昭君怨

楼外东风到早,染得柳条黄了。低拂玉栏干,怯春寒。正是困人时候,午睡浓于中酒。好梦是谁惊?一声莺。

王世贞云:"用修所辑《百琲真珠》《词林万选》,可谓词家功臣。其词好用六朝丽字,似近而远。然而其妙绝处亦不可及。"

施绍莘,字子野,青浦人。他的生平不详。有《花影集》行世。其小词颇多佳作。

浣溪沙

半是花声半雨声,夜分淅沥打窗櫺,薄衾单枕一人听。　密约不明浑梦境,佳期多半待来生,凄凉情况是孤灯。

谒金门

春欲去,如梦一庭空絮。墙里秋千人笑语,花飞撩乱处。　无计可留春住,只有断肠诗句。万种消魂多寄与,斜阳天外树。

相传施绍莘最爱张先的词,因先词有"云破月来花弄影"之句,故所作亦题《花影集》。其小词虽不能比拟张先,在明代要为一能手也。

陈子龙,字卧子,青浦人。崇祯中进士,官兵科给事中,进兵部侍郎,明亡殉难。谥忠裕。(一六〇八——一六四七)他是明末的大词人,有《湘真阁江蓠槛词》二卷。

江城子

一帘病枕五更钟,晓云空,卷残红。无情春色去矣几时逢?添我千行清泪也,留不住,苦匆匆。　楚宫吴苑草茸茸,恋芳丛,绕游蜂。料得来年相见画屏中。人自伤心花自笑;凭燕子,骂东风。

蝶恋花

雨外黄昏花外晓,催得流年,有恨何时了?燕子乍来春又老,乱红相对愁眉扫。　乍梦阑珊归梦杳,醒后思量,踏遍闲庭草。几度东风人意恼,深深院落芳心小。

王士祯称作者的词:"神韵天然,风味不尽。晚年所作,寄意更绵邈凄恻。"不错,在明代词人中,陈子龙确是值得特别珍视的。

沈谦,字去矜,仁和人。明末诸生。与丁澎等称"西泠十子"。有《东江词》二卷。所作什九为言情之作。例如《苏幕遮》(闺情):

燕声娇,花影醉,日过窗西,犹自厌厌睡。一线情丝常似醉。九十春光,半拥鸳鸯被。　靥销红,眉敛翠,便到沉身,总是多情泪。说与东风都不会。镜子裙儿,晓得人憔悴。

邵梅芳,字景悦,青浦人。贡生。他在当代不是有名的文人。

所作小词多可诵者，例如《秋蕊香》（落叶）：

> 门外秋声不绝，簌簌空阶吹彻。寒枝影乱鸦啼歇，满院清霜斜月。　和风带雨难分别，还凄切。绮窗敲处灯明灭，梦醒三更时节。

除上述诸家外，明词人之较著名者尚有王世懋，王世贞，谢应孝，聂大年，顾潜，韩邦奇，文徵明，吴子孝，马洪，汤传楹，韩洽，夏完淳，张草等，皆有词集流传。此外，我们还要推荐两位有名的女词人。

沈宜修，字宛君，吴江人。叶理袁室。与其夫偕隐汾湖，刻意于诗词。有《鹂吹集》。所作绰约风华，为世所称。例如《浣溪沙》：

> 淡薄轻阴拾翠天，细腰柔似柳飞绵，吹箫闲向画屏前。诗句半缘芳草断，鸟啼多为杏花残，夜寒红露湿秋千。

叶小鸾，字琼章，宜修之女。相传她十岁即能韵语，未婚而殁。遗集名《返生香》。所作词风格甚高，似不食人间烟火语。今举其《谒金门》为例：

> 情脉脉，帘卷西风争入。漫倚危楼窥远色，晚山留落日。
> 芳树重重凝碧，影浸澄波欲湿。人向暮烟深处忆，绣裙愁独立。

明代妇女，颇多以词著名者。沈叶二氏以外，尚有杨慎妻黄氏，端淑卿，王凤娴，徐媛，张鸿述，项兰贞，商景兰，叶纨纨，沈静专，申蕙，张娴倩等，皆以词传称。

〔第六章〕清词

清代号称词的复兴时期。

就数量的发展一点说,清词不但超过明代,超过金元,而且超过两宋。清代的词人之多,真是我们所意想不到的。王昶的《清词综》编到嘉庆初年止,王绍成的《清词综二编》编到道光时止,黄燮清的《清词综续编》编到同治末年止,丁绍仪的《清词综补编》编到清亡为止。单此四书,共录词家三千余人,合宋、金、元、明四朝,尚无此盛!

可是,词的时代已经过去了。词兴于中唐,经过晚唐,五代,北宋,至于南宋之末,已经有五百年的光荣的历史,已经发展得淋漓尽致,无美不备了。本来词体是很狭隘的,至此发展已尽,无可再进,故至元明,聪明的作者都遁而经营别种新兴的文体,词乃一蹶不振。虽有少数文人,极力去撑持词的门面,想把词坛振作起来,结果皆徒劳无功,我们试读上面一章的金、元、明词,便知道词坛是寂寞不堪了。这三朝的词人虽偶有佳作,然皆破碎不足以名家。要找一个像宋代的第一流名词家,已不可复得了。

词至清代,无论小词或长词,无论婉约的词或豪放的词,无论白话的词或典雅的词,都已早有了极好的成绩,琳琅满目,美不胜收,摆在清人的面前。清人既不能在词体里别开生面,无路可走;同时又看着许多前人留下了很多而且很好的成绩在那里,作为范本,便自然而然的开起倒车来,堕入模拟的圈套里去了。我们读清人词,虽表现了一部分的成绩,产生了几个伟大的词人,但大多数的清词家,不是模拟南宋,便是模拟北宋,有的拟五代,也有的拟晚唐。总之,无论他们怎样跳来跳去,总不曾跳出古人的圈套,清人的词,因此便堕落了,走上古典主义的死路去了。

所以说,清词的复兴,只是造成词坛的热闹,在数量上增加若干倍的词人和作品，不像元明的寂寞罢了。若谓恢复了词的实质上的黄金时代，实是荒谬之言。

清词的变迁，依我的见解，可以分为下列四列阶段：（一）清初词；（二）浙派词；（三）常州派词；（四）清末词。往下便依此次序来叙述。

一　清初词

清初百年的文坛，诞生了许多富有才气的文人。仅就词的一方面说，这百年也要算是清代最光荣的时期。此时的词家，虽未能离开模拟而肆力创造，但尚未为一种严格的派别主张所限制，除了少数的古典词人外，他们大都能比较自由的去做各人的词，因此，往往能够写出很好的作品来。

吴伟业与王士禛是清初两大名诗人，他俩的小词也异曲同工，为清初之双璧。伟业字骏公，号梅村，太仓人，明末崇祯进士，入清，官国子监祭酒。（一六〇九——一六七二）有《梅村词》二卷。其词如：

如梦令
镇日莺愁燕懒，遍地落红谁管？睡起爇沉香，小饮碧螺春碗。帘卷，帘卷，任柳丝风软。

浣溪沙

断颊微红眼半醒,背人蓦地下阶行,摘花高处赌身轻。　　细拨薰炉香缭绕,嫩涂吟纸墨欹倾,惯猜闲事为聪明。

纪昀《四库提要》称伟业词:"韵协宫商,感均顽艳",而比之于柳永秦观。王士禛则称其"流丽稳贴",而比之于辛弃疾。实则作者之词风同接近《花间》一派也。

王士禛,字贻上,号阮亭,山东新城人,顺治十八年进士,官至刑部尚书,卒谥文简。(一六三四——一七一一)其诗为一代之宗,词名遂为所掩,然《衍波词》一卷,价值固甚高贵也。例如:

忆江南

江南好,画舫听吴歌。万树垂杨青似黛,一湾春水碧于罗,懊恼是横波。

点绛唇(春词)

水满春塘,柳绵又蘸黄金缕。燕儿来去,阵阵梨花雨。情似黄丝,历乱难成绪。凝眸处,白蘋红树,不见西洲路。

彭孙遹《词藻》称:"《衍波词》体备唐宋,美非一族",邹祗谟《远志斋词衷》亦谓:"《衍波词》小令,极哀艳之深情,穷倩盼之逸趣",作者盖亦一绮艳之小词家也。

明末的词人与吴伟业同时入清者,尚有龚鼎孳,李雯,曹溶,宋徵璧诸家,他们的作品均能开一代的风气,而独备一格。其继起而与王士禛前后同时者,则有纳兰性德,曹贞吉,吴绮,顾贞观,陈维崧，朱彝尊，彭孙遹诸名词家。就中以朱彝尊的词名最盛，而以纳兰性德的词境最高。

纳兰性德本名成德，字容若，其祖先原居叶赫地，为正白旗人。十七岁补诸生贡入大学，授三等侍卫，旋进一等侍卫，颇得康熙之隆遇。所交均当代才人。可惜天不予年，卒时仅三十一岁（一六五五——六八五）。著《饮水词》三卷。

性德在清词人中为别树一帜者，其所作词不甚依音律，不重视模拟，不喜用古典，而以俚语写自己情思，纯发乎天籁，语意浑然，像这样的词家，宋以后一人而已。

忆江南
昏鸦尽，小立恨因谁？急雪乍翻香阁絮，轻风吹到胆瓶梅。心字已成灰！

长相思
山一程，水一程，身向榆关那畔行。夜深千帐灯。风一更，雪一更，聒碎乡心梦不成。故园无此声。

采桑子
而今才道当时错，心绪凄迷，红泪偷垂，满眼春风百事非。　情知别后来无计，强说欢期。一别如斯，落尽梨花月又西。

太常引（自题小照）
晚来风起撼花铃，人在碧山亭。愁里不堪听，那更杂泉声雨声。　无凭踪迹，无聊心绪，谁说与多情？梦也不分明，又何必催教梦醒！

性德本贵公子,身世美满,而所作多凄惋令人不能卒读,殆所谓天生的殉情主义者欤。陈维崧称其词:"哀感顽艳,得南唐二主之遗。"况周颐亦谓:"容若为国初第一词人,其词纯任性灵,纤尘不染。"此皆深能赏鉴性德词者之忠实批评也。

曹贞吉字升六,号实庵,安丘人。官至礼部员外郎。有《珂雪词》二卷。所作不为闺襜靡曼之音,而以气韵见长。吴绮字园次,江都人。官至湖州府知府。有《艺香词》一卷。他的词和平雅丽,佚宕风流,论者称为一时才士。顾贞观字华峰,号梁汾,无锡人。官至国史院典籍。有《弹指词》三卷。他与纳兰性德交谊甚笃,所作词多至情流露语,其寄吴汉槎之《金缕曲》二首最有名,今举其《真珠帘》词为例:

> 樱桃宴罢人归后,正烟笼澹月,疏窗如昼。红药阑边,当日亲携素手。睡起微闻花叹息,剩一缕,相思谁剖?依旧,对漂香泊粉,几枝春瘦。　　别久,心期轻负。为深怜痛惜,越添僝僽。十载绮罗情,付昨宵残酒。谁道酒醒都是恨,只剗地晓风杨柳。知否?古今来,一例断肠回首。

陈维崧与朱彝尊齐名于清初词坛,然二家作风绝不相同。朱彝尊为浙派词人的领袖,容待下节叙述。维崧字其年,宜兴人。康熙十八年举博学鸿词科,授翰林院检讨。(一六二五—一六八二)他创作甚丰,所著《迦陵词》至三十卷之多。长调最为他所擅长,小词亦往往隽美可喜,盖亦轶世之才也。

风入松

星移帆影月移沙,秋思谁家?别时不敢分明语,蹙春山,暗损年华。又是中秋时候,西风几阵归鸦。相思难遣梦交加,水阔山斜。尊前常恨天涯远,况如今,真个天涯。更道重来应未,待伊归向窗纱。

庆春泽(春影)

已近花期,未过春社,小楼尽日沉沉。暝色连朝,江南倦客难禁。门前绿水昏如梦,粉云遮,失却遥岑。恁湔裙,不到溪边,佳约空寻。　年时恰是莺花候,正黄归柳匽,红入桃心。舞扇歌衫,参差十里园林。东风吹织丝丝满,做半寒半暖光阴。问何时日上花梢,细弄鸣禽?

在清代的词人中,维崧实独具风格者,所作虽不免有粗率处,而波澜壮阔,气象万千,识者尊为清初巨擘,盖以其具有苏辛之豪壮精神云。

彭孙遹亦清初名词人之一。字骏孙,号羡门,海盐人。官至吏部侍郎。(一六三一——一七〇〇)有《延露词》三卷。所作多绮语,小词最佳,论者至称为"不减南唐风格"。例如《生查子》:

薄醉不成眠,转觉春寒重。枕席有谁同,夜夜和愁共。梦好恰如真,事往翻如梦。起立悄无言,残月生西弄。

在人才济济的清初词坛中,上述诸家自是最值得称道的,此外,则多是被束缚于格律的第二流以下的作家了。

二　浙派词

所谓浙派词,是以南宋词人姜夔张炎来相标榜的浙中的词派。这派词的倡导者是曹溶。他看着当时人作词,多以明人为法,痛心词学失传,乃搜辑遗集,求之于宋,崇尔雅,斥淫哇,后来乃形成"浙西填词者,家白石而户玉田"的风气。

至朱彝尊起,力倡曹溶之说,乃造成浙派词的坚固势力。彝尊字锡鬯,号竹垞,自号小长芦钓师,秀水人。康熙十八年以布衣召试,举鸿博,授翰林院检讨。(一六二九——一七〇九)生平著述甚富,词有《江湖载酒集》三卷,《静志居琴趣》一卷,《茶烟阁体物集》二卷,《蕃锦集》一卷。我们要了解他的词,必须先看他对于词的主张。他曾经说过:"词至南宋始工",在他一首自题词集的《解佩令》,更把他对于词的宗尚说得很清楚:

> 十年磨剑,五陵结客,把生平涕泪都飘尽。老去填词,一半是空中传恨。几曾围燕钗蝉鬓。　不师秦七,不师黄九,倚新声玉田差近。落拓江湖,且分付歌筵红粉。料封侯白头无分。

由此即可见朱彝尊是在热烈崇拜张炎之下而从事填词的,是纯粹的姜张派词人。其词的格律很严整,字句很雅丽,要算是一位古典主义的健将。其词如：

桂殿秋

思往事，渡江干，青娥低映越山看。共眠一舸听秋雨，小簟轻衾各自寒。

忆少年

一钩斜月，一声新雁，一庭秋露。黄花初放了，小金铃无数。　燕子已辞秋社去，剩香泥旧时帘户。重阳将近也，又满城风雨。

高阳台

吴江叶元礼少日，过流虹桥，有女子在楼上见而慕之，竟至病死。气方绝，适元礼复过其门，女之母以女临终之言告，叶入哭，女目始瞑。友人为作传，余纪以词。

桥影流虹，湖光映雪，翠帘不卷春深。一寸横波，断肠人在楼阴。游丝不系羊车住，倩何人，传语青禽。最难禁，倚遍雕阑，梦遍罗衾。　重来已是朝云散，怅明珠佩冷，紫玉烟沉。前度桃花，依然开遍江浔。钟情怕到相思路，盼长堤，草尽红心。动愁吟。碧落黄泉，两处谁寻？

作者的小词每能自出机杼，誉之者至称其能"复振五代北宋之绪"。其长调则完全张炎化了。杜紫纶云："竹垞词神明乎姜史，刻削隽永，本朝作者虽多，莫有过焉者。"在清代词人中，说朱彝尊是南宋姜史张一派的巨擘，自无异议。但我们却正嫌他为姜张所陷，不能自拔，未能充分发展其天才。他的作集以《静志居琴趣》一卷为最佳。

龚翔麟刻《浙西六家词》，录朱彝尊，李良年，李符，沈皞日，沈岸登及其本人作集，于是"浙派"二字，乃变成一个鲜明的词派，风气所播，词坛翕然，这派词乃在清之中叶大盛起来。

继朱彝尊而起的浙派词人，有厉鹗，郭麐，项鸿祚三大健将。

厉鹗字太鸿，钱塘人。康熙举人，乾隆元年举博学鸿词。（一六九二——一七五二）著有《樊榭山房词》二卷，续集一卷。他的词要算浙派中的白眉，极为世所称道。例如：

眼儿媚

一寸横波惹春留，何止最宜秋？妆残粉薄，矜严消尽，只有温柔。　　当时底事匆匆去？悔不载扁舟。分明记得，吹花小径，听雨高楼。

百字令（丁酉清明）

春光老去，恨年年心事，春能拘管。永日空园双燕语，折尽柳条长短。白眼看天，青袍似草，最觉当歌懒。愔愔门巷，落花早又吹满。　　凝想烟月当时，饧箫旧事，惯逐嬉春伴。一自笑桃人去后，几叶碧云深浅。乱掷榆钱，细垂桐乳，尚惹游丝转。望中何处？那堪天远山远！

论者称厉鹗词清真雅正，超然神解。然其一生作词，苦为玉田所累，未能独创一格，实属可惜。

郭麐字祥伯，号频伽，吴江人，侨居嘉善。终身为诸生。（一七六七——一八三一）著《灵芬馆词》。他是嘉庆时代及道光初年浙派词人中之最负盛名者，词如：

台城路（游舒氏园作）

薄阴不散霜飞早，园林深贮秋意。水木清苍，陂陀高下，憺与暮云无际。红泥亭子，占一角孤城，七分烟水。最爱疏疏，竹竿万个滴寒翠。　　年来俊侣都散，便登山临水，口恁蕉萃。倦柳攀条，清流照鬓，暗老悲秋身世。荒寒如此，又画角声中，夕阳垂地。树树西风，暮鸦寒不起。

浙派至郭麐，作风为之一变，所作以"清疏"见长，然其弊则流于"滑薄"，盖已是浙派的强弩之末了。

项鸿祚是浙派的后劲。原名继章，字莲生，钱塘人。道光时举人。（一七九八——一八三五）著《忆云词》甲乙丙丁稿。他本是富家子，而其词幽艳哀怨，如不胜情，殆亦纳兰性德一流之天生殉情少年也。故年亦不永。其词如：

清平乐（池上纳凉）

水天清话，院静人消夏。蜡炬风摇帘不下，竹影半墙如画。　　醉来扶上桃笙，熟罗扇子凉轻。一霎荷塘过雨，明朝便是秋声。

水龙吟（秋声）

西风已是难听，如何又著芭蕉雨。泠泠暗起，澌澌渐紧，萧萧忽住。候馆疏砧，高城断鼓，和成凄楚。想亭皋木落，洞庭波远，浑不见，愁来处。　　此际频惊倦旅，夜初长，归程梦阻。砌蛩自叹，边鸿自唤，剪灯谁语？莫便伤心，可怜秋到，无声更苦。满寒江剩有，黄芦万顷,卷离魂去。

谭献称云:"莲生古之伤心人也。激气肠回,一波三折。有白石之幽涩而去其俗,有玉田之秀折而无其率,有梦窗之深细而化其滞,殆欲前无古人。"鸿祚的词虽不必尽如谭氏所奖饰,然在浙派中,总算是没有为姜张所束缚,而能自出机杼的作家了。

有吴藻女士者,字蘋香,亦浙之仁和人。嫁同邑黄某为室。晚年寡居钱塘,生活清苦。著有《花帘词》及《香南雪北词》,颇受厉鹗之影响,而以温婉之女性风度出之,趣味为之一新。

如梦令
燕子未随春去,飞到绣帘深处。软语话多时,莫是要和侬住?延伫,延伫,含笑回他:不许!
虞美人
晓窗睡起帘初卷,入指寒如剪。一宵疏雨一宵风,无数海棠瘦得可怜红! 分明人也因花病,几度慵拈镜。日高犹自不梳头,只听喃喃燕子话春愁。

她是道光年间的作者,当时词誉遍大江南北,为清代女词家中第一人。

自此以后,我们便再找不出矜贵的浙派词人来了。

三　常州派词

当浙派词发展至乾嘉两代的时候,突然遇有一个重大的攻击,就是产生了一个对它取敌视态度的常州派。

本来浙派到了郭麐的时期,作者的才气已远不如朱厉等大词人,模拟也不见功夫。不但翻不出什么新花样,而且愈趋愈下了。这时便有常州系的词人张惠言,张琦,周济等起来纠正浙派的错误,他们热烈的攻击南宋的姜张,而改宗北宋。张惠言,张琦的《词选》与《续词选》,其编辑之旨,以"深美闳约"为主,盖即尊北宋的周邦彦,而薄南宋姜张之意。至周济则明白鄙视姜张,他说:

> 近人颇知北宋之妙,然终不免有姜张二字,横亘胸中,岂知姜张在南宋,亦非巨擘乎？论词之人,叔夏晚出,既与碧山同时,又与梦窗别派,是以过尊白石,但主清空。后人不能细研词中曲折深浅之故,群聚而和之,并为一谈,亦固其所也。

常州派的词宗尚北宋,虽依然未脱模拟藩篱,但不过事雕琢,不专注于绮藻韵致,已经比浙派解放多了。然常州派的几个领袖词人,都是学力很深,而才力较短,批评眼光极高,而创作能力稍弱，故其作品，亦未能有超越的成绩。

张惠言，字皋文，阳湖人。嘉庆中，以进士官编修卒。（一七六一——一八〇二）著有《茗柯词》。

木兰花慢（杨花）
尽飘零尽了，谁人解，当花看。正风避重帘，雨回深幕，云护轻幡。寻他一春伴侣，只断红，相识夕阳间。未忍无声坠地，将低重又飞还。　　疏狂情性算凄凉，耐得到春阑。但月地和梅，花天伴雪，合称清寒。收将十分春恨，做一天，愁影绕云山。看取青青池畔，泪痕点点凝斑。

又（游丝）
是春魂一缕，销不尽，又轻飞。看曲曲回肠，愁侬未了，又待怜伊。东风几回暗剪，尽缠绵，未忍断相思。除有沉烟细袅，闲来情绪还知。　　家山何处栖迟，春容易，到天涯。但牵得春来，何曾系住，依旧春归。残红更无消息，便从今，休要上花枝。待祝梁间燕子，衔他深度帘丝。

谭献称惠言之作："胸襟学问，酝酿喷薄而出"，谓为学人之词。不错，他们这一派的词家，都是带着几分学者气来写词的。

张琦字翰风，惠言之弟。有《立山词》。所作颇有思力，然较乃兄则不免略逊一筹。

周济字保绪，一字介存，晚号止庵，荆溪人。官淮安府教授。

有《味隽斋词》。论者称其所作"缠绵婉约"。

垂杨（立冬前七日闻蝉和叔安）

秋怀渐远，听仓黄病柳，一声凄婉。曳入西风，可应还似秋前满。分明凝绝重低转，替人说，嫩凉池馆。被连番，青女无情，把露华偷剪。　知否吟蛩乍缓，便户下床头，不成浓暖。漫立高枝，夕阳偏向疏林展。谁留鬓影谁纨扇？但赢得，琴丝题怨。宵来霜月孤行，魂易断。

关于张惠言领导之常州派词人，较为知名者尚有恽敬，钱季重，黄景仁，左辅，李兆洛，丁履恒，陆继辂，金应城，金式玉，郑善长等，皆为一时作家。其中最负盛名者，则惟黄景仁。

黄景仁字仲则，武进人。贡生，议叙州判，未仕卒。（一七四九—一七八三）年仅三十五岁。他本是当代的名诗人，词亦隽妙。著有《竹眠词》二卷。

点丝唇（春宵）

宿酒初醒，闲情似水和肠软。细雨三更，帘外春阴卷。一树梅花，落向闲庭院，无人管，冷风过处，点点春愁糁。

摸鱼子（归鸦）

倚柴门，晚天无际，昏鸦归影如织。分明小幅倪迂画，点上米家颠墨。看不得带一片斜阳，万古伤心色。暮寒萧淅，似卷得风来，还兼雨过，催送小楼黑。　曾相识，谁傍朱门贵宅？上林谁更栖息？几丛枯木惊霜重，我是归飞倦翻。飞暂歇,却好趁渔船小坐秋帆侧。旧巢应忆,笑画角声中,暝烟堆里,多少未归客!

就词而论,景仁的词比张惠言周济一般人高明多了。

当常州派词盛行之际,最值得我们注意的大词人有蒋春霖。他字鹿潭,江阴人。曾任两淮盐运大使。(一八一八—一八六八)就乡里说,他本应列入常州派,但就词风而论,却绝不是常州所牢笼着的词人,而有点倾向浙派。他是一位富有才气,能够不依傍门户,不受拘束,而自具境地的作家。故严格说来,一定要列他为那一派是很困难的。其所著《水云楼词》,多发抒感慨,描写极深刻,论者至称为"词史"。

踏莎行(癸丑三月赋)

叠砌苔深,遮窗松密,无人小院纤尘隔。斜阳双燕欲归来,卷帘错放杨花入。　蝶怨香迟,莺嫌语涩,老红吹尽春无力。东风一夜转平芜,可怜愁满江南北。

木兰花慢(江行晚过北固山)

泊秦淮雨霁,又灯火,送归船。正树拥云昏,星垂野阔,暝色浮天。芦边,夜潮骤起,晕波心,月影荡江圆。梦醒谁歌楚些,泠泠霜激哀弦。　婵娟,不语对愁眠,往事恨难捐。看莽莽南徐,苍苍北固,如此山川。钩连,更无铁锁,任排空,樯橹自回旋。寂寞鱼龙睡稳,伤心付与秋烟!

扬州慢（癸丑十一月二十七日贼趋京口，报官军收扬州）

野幕巢乌，旗门噪鹊，谯楼吹断笳声。过沧桑一霎，又旧日芜城。怕双雁，归来恨晚，斜阳颓阁，不忍重登。但红桥风雨，梅花开落空营。　　劫灰到处，便遗民，见惯都惊。问障扇遮尘，围棋赌墅，可奈苍生！月黑流莺何处？西风黯，鬼火星星。更伤心南望，隔江无限峰青。

谭献称春霖词云："《水云楼词》固清商变徵之声，而流别甚正，家数颇大。与成容若项莲生二百年中分鼎三足。咸丰兵事，天挺此才，为倚声家杜老。"又说："阮亭葆酚一流为才人之词，宛邻止庵一派为学人之词，惟三家是词人之词，与朱厉同工异曲，其他则旁流羽翼而已。"这两段话都说得好。有清一代的词坛，此数语已完全道着。

四　清末词

咸同之际，词已疲敝堕落，虽有一二名作家，亦无法挽回此颓运。当时较为知名之词人，如周之琦有《金梁梦月词》，庄棫有《蒿庵词》，黄燮清有《倚晴楼词》，陈元鼎有《同梦楼词》及《吹月词》，戈载则著《翠薇花馆词》至三十九卷之多，均无可取。至于清末，号称名词家如谭献，王鹏运，况周颐，朱祖谋，郑文焯，冯煦等，虽对于词学研究精深，然其陷溺也愈深。他们对于词的贡献，只在于校刻词集和批评古词两方面。至于创作，则他们只知道不厌烦地去讲究"词法"和"词律"，以竞模古人为能事，故结果，他们的词除了表现一点文字的技巧外，全不能表现一点创造精神，全不能表现作者的个性和情感，只造成一些词匠。此外，号称才子的词人，如易顺鼎，程颂万，樊增祥等，其所作亦不足观。于是词便跟清代之衰亡而衰亡了。